Autor: Zoila Camacho

PÁGINA DE DERECHOS DE AUTOR

INDICE

DESCRIPCION

Cuentos, historias y fábulas para niños, colección en español ilustrados a todo color.

Cuentos para niños: Los cuentos para niños son relatos cortos que incluyen personajes imaginativos, aventuras emocionantes y lecciones morales o mensajes educativos, para entretener a los niños, estimular su imaginación, enseñarles sobre valores como la amistad, la valentía o la importancia de ser amable, y a menudo terminan con finales felices.

Historias para niños: Las historias para niños pueden ser relatos más largos que los cuentos, con tramas más elaboradas y personajes más desarrollados. Estas historias pueden abordar una variedad de temas, desde la fantasía y la aventura hasta la vida cotidiana, permitiendo que los niños se sumerjan en diferentes mundos y situaciones, fomentando su curiosidad y comprensión del mundo que les rodea.

Fábulas para niños: Las fábulas son relatos cortos con animales antropomórficos (animales que actúan y hablan como seres humanos) o elementos de la naturaleza que transmiten una lección moral clara. A menudo, estos relatos presentan una situación o conflicto que ilustra un valor o enseñanza, y al final proporcionan una moraleja explícita para que los niños reflexionen sobre conceptos como la honestidad, la humildad, la perseverancia o la astucia.

En resumen, ya sea a través de cuentos, historias o fábulas, la literatura para niños busca cautivar su imaginación, enseñarles valores importantes y brindarles entretenimiento de manera educativa y enriquecedora.

Sumérgete en un mundo de creatividad y risa con Cuentos infantiles para niños. Este encantador libro de cuentos es una colección de historias fascinantes diseñadas para enorgullecer y educar a los lectores más jóvenes.

Los niños descubrirán una selección de personajes entrañables, desde héroes valientes hasta criaturas mágicas, en un esfuerzo por guiarlos en emocionantes aventuras. Cada cuento está elaborado para transmitir una enseñanza sobre la amistad, el coraje, lo bueno de compartir y la fuerza de la imaginación.

Con imágenes coloridas que sumergen en la vida real en cada página, este libro inspira creatividad y fomenta el amor por el análisis desde una edad temprana. Los niños se sumergirán en mundos encantados, descubrirán tierras remotas y aprenderán instrucciones atesoradas mientras se embarcan en esas emocionantes aventuras.

Este libro es el cómplice ideal para las noches de cuentos antes de dormir o para experimentar en cualquier momento del día, es un tesoro literario con la intención de enriquecer la infancia de los lectores más pequeños y transportarlos a un universo de magia y maravillas en cada cuento.

Aquí encontrarás todos estos cuentos Maravillosos

Nota:
Si te gustó este libro, por favor deja un comentario y una reseña.
Gracias

LOS RELATOS DEL PIRATA

Érase una vez un padre que tenía tanta prisa por terminar los relatos que les contaba a sus hijos todas las noches que empezaba a suprimir palabras.

Al eliminar palabras de aquí y de allá, podría completar los relatos un poco más rápido. Pero como nada le parecía suficiente, siguió suprimiendo cada vez más, hasta que, en un momento, sin saberlo, suprimió la frase más importante de una historia: se comió la palabra "Terminado".

Se puso de pie y, al mirarse dentro del espejo, descubrió que tenía un gran sombrero de pirata, un parche en el ojo y una gran barba.

No había duda, se había convertido en un pirata, el conocido capitán pirata de las historias que contaba.

Preocupado, corrió a la habitación de sus hijos. Y ya no estaba solo: numerosos tiburones avanzaban hambrientos hacia él.

El pirata se preparó para pelear agarrando el cuchillo que siempre escondía debajo de su sombrero, pero justo antes de lanzarse hacia el primero de los tiburones, sintió que se elevaba en el aire y caía sobre la cubierta de un gran barco.

"Ya casi estaba allí, mi capitán", gritaron un par de grumetes tan parecidos que el pirata podría imaginar que habían sido gemelos.

Pero no había tiempo que perder.

El capitán sabía que la reina había sido secuestrada y ofrecían una gran recompensa a quien la devolviera adecuadamente.

Sin dudarlo un segundo se dirigieron más cerca de la isla del terror, la favorita de todos los malvados para esconder a las reinas secuestradas.

Navegaban a toda vela mientras se formaba una terrible y oscura tormenta, y una maldición perdida dirigió un impresionante rayo contra el palo mayor del barco, provocando un gran incendio.

Ocupados con el fuego, no reconocieron que una gran ola arrojó el barco contra los arrecifes que rodeaban la isla, con tal fuerza que el capitán y sus marineros fueron enviados volando por los aires…

Cuando el capitán despertó, se encontró atado a un enorme árbol.

A su lado, también atados, habían estado todos los piratas de su tripulación.

Estaban en el corazón del volcán de la isla, la región elegida por los malvados para realizar sus sacrificios y rituales.

Pero no habían sido ellos los que habían sido devorados. Todo estaba preparado para sacrificar a una hermosa mujer con una corona de reina.

Los malvados comenzaron sus cánticos.

Pero entonces el capitán tuvo una idea. Con voz potente comenzó a cantar canciones de piratas, y toda la tripulación comenzó a cantar con él a todo pulmón.

Los malvados intentaron cantar más fuerte, pero a pesar de que eran muchos más, no pudieron vencer al capitán y sus muchachos. Sin sus canciones no podían empezar a comer así que, llenos de furia, decidieron intercambiar los puestos de reina y capitán.

Ahora era el capitán quien se acercaba a un enorme caldero a punto de ser cocinado.

Sintió el olor de la salsa al mismo tiempo que el calor se volvió tan extremo que no tuvo fuerzas para cantar.

Los marineros fueron silenciados con dulces. ¿Cómo pudieron esos salvajes darse cuenta de que el dulce se había convertido en el punto vulnerable de su grupo? Y eso fue mientras veía a la reina sonreír con esa sonrisa torcida que mejor tenía.

Sin duda todo fue un engaño de la temible capitana pirata, otrora su compañera de calidad y ahora su mejor rival, para atraer al pirata y sus muchachos.

—Has ganado, esto ha terminado.

Con esa frase final todo desapareció y el padre apareció nuevamente en su cama, todavía asustado y sudoroso.

A su lado, con la misma sonrisa torcida de la capitana pirata, su esposa le dio un beso.

Esa noche el padre se puso muy pensativo.

Había estado muy asustado, pero había sido tan bueno ser parte del cuento que nunca más quitaría ni siquiera una parte de las historias que contaba a sus hijos.

EL LEON Y LOS HIGOS

Una tarde de verano, el león y la liebre decidieron dejar atrás sus diferencias y dar un paseo por el campo.

Después de muchas horas, el calor se hizo insoportable y los nuevos amigos decidieron sentarse a la sombra de una frondosa higuera.

Los higos eran pequeños, pero dulces y jugosos. El león y la liebre comieron muchos de esos higos hasta quedarse dormidos.

Al despertar, el león miró hacia las ramas del árbol y le dijo a la liebre:

¡En este planeta todo está al revés! Este árbol alto tiene higos pequeños, mientras que las sandías grandes crecen a partir de tallos en el suelo.

Lo mismo te pasa a ti, liebre, eres pequeña, pero con las orejas bastante grandes.

Al final de esas frases, un higo cayó sobre la cabeza del león.

¡Qué suerte tienes, león! "Si las sandías crecieran en los árboles, qué golpe habrías recibido", afirmó la liebre, rodando de risa.

Y así fue como el león y la liebre volvieron a pelearse.

EL COCUYO

Durante todo un verano, un Cocuyo dedicó sus días a cantar y tocar sin preocuparse por nada. Un día, vio pasar a un Hormiga con un gran grano de maíz para guardar en su hormiguero.

El Cocuyo, no contenta con su vida de ocio, decidió burlarse del Hormiga y dijo:

¡Eres tan aburrido! Deja de trabajar y disfruta de la vida.

La Hormiga, que siempre veía al Cocuyo descansando, respondió:

Estoy guardando provisiones para cuando llegue el tiempo invernal, te aconsejo que hagas lo mismo.

"Bueno, no me voy a preocupar por nada", afirmó el Cocuyo, "por ahora tengo todo lo que quiero".

Y persistió haciendo una canción muy alegre.

El invierno llegó rápidamente y el Cocuyo no podía encontrar comida por todas partes. Desesperado, fue a tocar la puerta de la Hormiga y le pidió algo de comer:

¿Qué hiciste en el verano mientras yo trabajaba? —dijo la Hormiga.

"Me puse a cantar y a tocar", respondió el Cocuyo.

"Bueno, si cantaste y tocaste en verano", respondió la Hormiga, "sigue haciendo una canción y jugando en el hielo".

Con eso, cerró la puerta.

El Cocuyo aprendió a no reírse de los demás y a trabajar con esmero.

EL CALABACIN

Érase una vez un anciano agricultor que vivía con su anciana esposa, sus nietos, un perro y un gato.

Un día sembró una semilla de calabacín en su prado.

Todos los días regaba los calabacines y los resguardaba del sol.

Pasaron varios meses y el calabacín creció, creció y creció hasta convertirse en... ¡GIGANTE! Un día, el agricultor anciano fue al jardín a arrancar el calabacín del suelo. Tiró… y tiró… y tiró. Pero a pesar de lo difícil que fue tirar, no había manera de sacar el calabacín del suelo. —¡Ven a ayudarme, mujer! Gritó el agricultor anciano. ¡No puedo sacar el calabacín del suelo!

La mujer tiró de la cintura del hombre. El anciano tiró del calabacín. Tiraron y tiraron una y otra vez, sin embargo, no pudieron sacarlo.

Así la anciana llamó a su nieto.

El niño tiró de la anciana, la anciana tiró del anciano y el anciano tiró del calabacín. Pero por mucho que tiraran, no había manera de sacar el calabacín del suelo. —¡Ven a ayudarnos! —le dijo el niño a su hermana—. ¡No podemos sacar el calabacín del suelo!

La joven atrajo al niño, el niño atrajo a la anciana, la anciana atrajo al anciano y el anciano atrajo el calabacín. Pero a pesar de lo difícil que fue tirar, no había manera de sacar el calabacín del suelo. —¡Ven a ayudarnos! —le dijo la jovencita al perro—. ¡No podemos sacar el calabacín del suelo!

El perro tiró de la joven, la joven tiró del niño, el niño tiró de la anciana, la anciana tiró del anciano y el anciano tiró del calabacín. Pero por mucho que tiraran, no había manera de sacar el calabacín del suelo. —¡Ven a ayudarnos! —le dijo el canino al gato—. ¡No podemos sacar el calabacín del suelo!

El gato jalaba del canino, el canino jalaba de la jovencita, la jovencita jalaba del niño, el niño jalaba de la anciana, la anciana jalaba del anciano y el anciano jalaba del calabacín. Pero a pesar de lo duro que tiraron, no ha habido manera de sacar el calabacín del suelo.

Un ratón cruzó el prado y el gato lo llamó. —¡Ven a ayudarnos! —le dijo el gato al ratón—. ¡No podemos sacar el calabacín del suelo!

El ratón jaló al gato, el gato jaló al canino, el perro jaló a la jovencita, la jovencita jaló al niño, el niño jaló a la anciana, la anciana jaló al hombre anciano y el hombre anciano jaló al calabacín. Y tiraron y tiraron y tiraron con todas sus fuerzas hasta que finalmente... ¡ARRANCARON EL CALABACÍN! Pero… ¡PLAS!

El hombre anciano cayó sobre la anciana, la anciana cayó sobre el niño, el niño sobre la joven, la joven sobre el perro, el perro sobre el gato y el gato sobre el ratón.

Y sobre ellos cayó... ¡EL CALABACÍN! Después prepararon con él una rica sopa, y tuvieron suficiente para el anciano, la anciana, el niño, la joven, el perro, el gato, el ratón... Y hasta para cualquiera que lea este cuento.

LA ANDRAJOSA

Hace muchos años, existía una bella joven de ojos esmeralda y cabello dorado.

Además de deslumbrante, se convirtió en una joven delicada que trataba a cada individuo con amabilidad y por lo general mostraba una sonrisa en los labios.

Vivía con su madrastra, una mujer autoritaria y dominante que tenía hijas tan presumidas como insoportables. Feas y desmañadas, menospreciaban a la dulce jovencita porque no podían soportar que fuera más hermosa que ellas.

La trataron como una criada.

Mientras las damas dormían en cómodas camas, ella dormía en un modesto desván. Ella tampoco disfrutaba de los mismos manjares y tenía que conformarse con las sobras.

Como si eso no fuera suficiente, debía realizar las labores más arduas del hogar: lavar los platos, limpiar la ropa, fregar los pisos y adecentar la chimenea.

La desafortunada muchacha estaba constantemente sucia y cubierta de cenizas, por lo que todos la conocían como Andrajosa.

Un día, llegó a casa una misiva procedente del palacio. Se rumoreaba que Alejandro, el vástago del monarca, celebraría esa noche una gala de cumpleaños a la que habían sido invitadas todas las doncellas casaderas del reino.

El príncipe buscaba una esposa y esperaba encontrarla en un baile. ¡Las hermanastras de Andrajosa se volvieron locas de alegría! Corrieron a sus habitaciones para seleccionar vestidos lujosos y las joyas más llamativas que poseían para impresionarlo.

Suspiraban por el apuesto heredero y comenzaron a discutir acaloradamente sobre quiénes serían las afortunadas. – ¡Es obvio que me escogerá a mí! Soy más esbelta y más sagaz. Además... ¡Fíjate qué bien me sienta este vestido! – Dijo la mayor de ellas mostrando sus dientes prominentes mientras ajustaba las correas de su corsé tan apretadamente que apenas podía respirar.

¡Ni siquiera lo pienses ahora! ¡Ya no eres tan distinguida como yo! Además, me he dado cuenta de que al príncipe le gustan las damas con ojos muy grandes y mirada penetrante – respondió la menor de las hermanas mientras delineaba sus ojos, tan saltones como los de un anfibio.

Andrajosa las observó oculta a medias y anheló asistir a aquel destacado baile.

Como un sabueso, la madrastra emergió de las sombras y dejó claro que aquello solo era para las damas notables. – ¡Ni siquiera pienses en exhibirte allí, Andrajosa!

No puedes presentarte en palacio con esos andrajos. Estás comprometida a barrer y fregar, eso es lo tuyo.

La desdichada Andrajosa subió a la estancia donde se quedó reposando y llorando amargamente.

A través de la ventana, vio a las tres mujeres engalanadas partir hacia la gran fiesta, mientras ella se quedaba sola con el corazón destrozado.

De repente, la habitación se iluminó. Vio a una dama afable que le preguntó. – Querida… ¿Por qué lloras? Tú no mereces estar triste. – ¡Soy muy desdichada! Mi madrastra no me dejó ir al baile. Pero… ¿Quién eres? – Soy tu hada madrina y quiero ayudarte.

Tienes que asistir a ese baile. Ahora, confía en mí. Acompáñame al jardín.

El hada tomó una calabaza y, mediante la magia, la convirtió en una carroza dorada, con corceles blancos y un atento cochero. – ¿Qué opinas, Andrajosa?… ¡Ya tienes con quién ir al baile! – ¡Oh, ¿qué maravilloso, hada! —exclamó la joven-. Pero con estos andrajos no puedo presentarme en un lugar tan refinado.

Andrajosa estuvo a punto de llorar de nuevo al ver lo rotas que estaban sus zapatillas y los harapos que llevaba por vestido. – ¡Oh, no te preocupes, cariño! Lo tengo todo planeado. Con otro toque mágico, transformó su atuendo en un espléndido vestido de fiesta.

Sus agotadoras zapatillas se transformaron en elegantes y hermosos zapatos de cristal. – ¡Oh, qué precioso vestido! ¡Y el collar, los zapatos y los pendientes…! ¡Dime que esto no es un sueño! – Claro que no, mi joven.

Hoy podría ser tu gran noche. Ve al baile y disfrútalo, pero recuerda regresar antes de que el reloj dé las doce, porque en ese momento el encantamiento se deshará y todo volverá a la normalidad. ¡Ahora date prisa que se hace tarde! Andrajosa prometió volver antes de medianoche y partió hacia el palacio.

Cuando ingresó a la estancia donde se encontraban los invitados, todos se apartaron para dejarla pasar, ya que jamás habían visto a una de aquellas bellas y refinadas jóvenes.

El príncipe se aproximó para besarle la mano y quedó prendado al instante.

Desde ese momento, no tuvo ojos para ninguna otra dama. Su hada madrina y sus hermanastras ya no la reconocían, pues estaban acostumbradas a verla constantemente en harapos.

Andrajosa bailó y bailó con el apuesto príncipe toda la noche.

Estaba tan embelesada que se vio sorprendida cuando escuchó el sonido de la primera campanada del reloj de la torre que anunciaba las doce. – ¡Debo irme! – Le susurró al príncipe mientras corría hacia el carruaje que la aguardaba en la entrada. – ¡Espera!… ¡Me gustaría verte una vez más! – exclamó Alejandro.

Pero Andrajosa ya se había marchado cuando sonó la campana definitiva.

Durante su huida, perdió uno de los zapatos de cristal y el príncipe lo recogió con cuidado. Luego, regresó a la estancia, concluyó el baile y pasó toda la noche suspirando por el amor. Al día siguiente, se despertó decidido a hallar a la misteriosa dama de la que se había enamorado, pero ni siquiera recordaba su nombre.

Llamó a un sirviente y le dio una orden específica: – Necesito que recorras el reino y busques a la joven que perdió este zapato ayer. ¡Me casaré con ella! El hombre visitó todas las casas en busca de la dueña del zapato de cristal.

Todas las jóvenes intentaron que su pie encajara en el zapato, pero resultó inútil ¡A ninguna le quedaba bien! Por fin, llegó al hogar de Andrajosa.

Las dos hermanastras intentaron ponerse el zapato, pero sus grandes y toscos pies no cabían en él.

Cuando el sirviente estaba a punto de marcharse, llegó Andrajosa. – ¿Puedo probarlo yo, por favor? Las hermanas, al verla, soltaron una risa que más parecía un bramido. – ¡Qué osadía! – exclamó la hermana mayor.

¿Para qué? ¡Si no fuiste al baile! – afirmó la menor entre risas.

Pero el sirviente tenía la orden de mostrárselo a todas, absolutamente a todas, las jóvenes del reino.

Se arrodilló frente a Andrajosa y sonrió al ver cómo su agradable pie se deslizaba dentro del zapato con facilidad y quedaba como hecho a medida. ¡Las expresiones de la madrastra e hijas eran un poema!

Estaban asombradas y con una especie de mueca en sus rostros que parecían a punto de desmayarse.

No podían aceptar que Andrajosa fuera la bella joven de la que se había enamorado el príncipe heredero. – Señor – dijo el sirviente, mirando a Andrajosa con alegría – El Príncipe Alejandro la espera.

Venga conmigo, por favor. Con modestia, como siempre, Andrajosa se puso un sencillo abrigo de lana y partió hacia el palacio para encontrarse con su amado príncipe.

Él la aguardaba en las escaleras y corrió a abrazarla.

Poco después, celebraron la boda más espectacular que se recuerda y han sido inmensamente felices toda su vida.

Andrajosa se convirtió en una princesa muy querida y respetada por todos.

LA LIEBRE Y LA LUNA

Una historia ancestral narra que el dios Amun abandonó su aspecto de ave para convertirse en un individuo corriente y así explorar la Tierra.

El dios quedó asombrado por los hermosos paisajes y continuó caminando hasta que el cielo se oscureció y se cubrió de estrellas.

Fatigado y hambriento, se detuvo a un lado de la senda. Una liebre pasó junto a él y le inquirió:

¿Estás bien? "No, tengo hambre", manifestó Amun.

Sin percatarse de que hablaba con una divinidad, la liebre rápidamente ofreció compartir su comida con Amun. "Gracias, pero no me alimento de hierbas", comunicó Amun a la liebre.

El animalito se sintió apesadumbrado por el viajero: —No tengo más que ofrecerte, soy una simple criatura y si deseas recuperar tus fuerzas, por favor, devórame y sigue tu camino.

El dios, conmovido por el noble gesto de la pequeña criatura, retornó a su forma de ave y elevó a la liebre tan alto que su imagen quedó capturada para siempre en la luna.

Después, regresó a la liebre a la Tierra y expresó: —No eres una mera criatura, tu retrato plasmado bajo la luz lunar relatará a todos los seres humanos la historia de tu generosidad.

EL AVE DE ORO

En el césped del Paraíso, bajo el árbol del saber, prosperaba un rosal.

De su primera flor nació un pájaro; su vuelo era como un destello de luz, sus colores deslumbrantes, su canto encantador.

Pero al comienzo de los tiempos, cuando los primeros humanos probaron el fruto del bien y del mal y fueron desterrados del Paraíso, una chispa cayó del fuego de la espada del ángel al nido del ave y lo envolvió en llamas.

El pájaro pereció en el incendio, pero otro pájaro emergió del huevo rojo, idéntico y perpetuamente igual: el Ave de Oro.

Cuenta la leyenda que anida y que cada cien años muere, consumiéndose en su propio nido; y de su huevo rojo surge un nuevo Ave de Oro, la más excelente del mundo.

El ave vuela alrededor nuestro, rápida como la luz, notable en su colorido, asombrosa en su canto.

Cuando una madre está junto a la cuna de su hijo, el ave se aproxima a la almohada y, extendiendo sus alas, forma un halo alrededor de la cabeza del niño.

Vuela por la estancia sencilla y modesta, y en ella aparece el sol, mientras algunas violetas desprenden su fragancia.

Pero el Ave de Oro no solo es el mejor pájaro del mundo; también revolotea bajo el resplandor de las auroras boreales sobre los extensos terrenos helados y se posa sobre algunas de sus flores amarillas durante el corto verano.

Bajo las rocas de cobre, en lo profundo de las minas de carbón, vuela como una polilla pulverizada sobre el libro de oraciones entre los dedos del devoto trabajador.

Sobre la hoja de loto se desliza por las aguas sagradas, y los ojos de la joven se iluminan al verla.

Cuando los cantantes celebran, se queda en el salón de competencias. ¡Ave de Oro! ¿Ya no la reconoces? Te cantó, y también besaste la pluma que caía de su ala; ella apareció en todo su esplendor paradisíaco, y quizás tú le diste la espalda para admirar al gorrión que tenía destellos dorados en sus alas.

¡El Ave de Oro! Renovada cada siglo, nacida entre las llamas, cuelga en los pasillos de los adinerados; tú mismo a menudo te lanzas hacia la fortuna, solitario, convertido en leyenda: el Ave de Oro.

En el Paraíso, cuando surgiste de la primera rosa bajo el árbol del conocimiento, Dios te otorgó tu nombre auténtico: El Ave de Oro, según la mitología, es un pájaro enorme con plumas rojas, anaranjadas y Oros como llamas y un pecho rojo carmesí.

Según la leyenda, el Ave de Oro es un ave completamente singular que vive 1000 años. A medida que se acerca el final de su vida, construye un nido.

Luego, el Ave de Oro golpea su pico contra una roca, provocando llamas y luego bate sus alas, incendiando su nido y luego a sí misma.

La magia del Ave de Oro radica en que, tan pronto como muere en las llamas, renace de nuevo en su nido. El Ave de Oro emerge de las cenizas.

Y así, recoge las cenizas y las envuelve en un huevo, vuela y entrega el huevo al Templo del Sol.

Según la leyenda, el Ave de Oro posee tanto poder que sus lágrimas curan cualquier enfermedad al contacto y sus cenizas pueden devolver la vida a los difuntos.

LOS LADRONES

Érase una vez un joven llamado Teseo y tenía un hermano llamado Ulises.

Teseo era honesto, laborioso, virtuoso, leñador y pobre.

Ulises se volvió deshonesto, holgazán, malvado, usurero y rico.

Teseo tenía esposa, una hermosa doncella llamada Nadia, muchos niños robustos y tres mulas.

Ulises tenía esposa y una memoria absolutamente deficiente, ya que nunca recordaba visitar a sus familiares, ni siquiera preguntarles si estaban bien o si necesitaban algo. Definitivamente, no los visitó para evitar que le pidieran algo.

Un día, mientras Teseo estaba en el bosque cortando madera, escuchó un estruendo que se aproximaba, similar al ruido producido por 50 caballos galopando.

Se asustó, pero por curiosidad, se subió a un árbol. Al espiar, se percató de que eran cincuenta caballos.

Cada caballo llevaba consigo a un bandido, y cada bandido portaba una bolsa repleta de monedas de oro, copas de oro, collares de oro y más de mil rubíes, zafiros, ágatas y perlas. Frente a todos se hallaba el cabecilla de los bandidos.

Los ladrones pasaron bajo Teseo y se detuvieron frente a una enorme roca que tenía unos 30 metros de altura y estaba completamente pulcra.

Escuchó al jefe de los bandidos diciendo a la roca: - "¡Roca: ábrete!" Un trueno retumbó y la roca se partió en dos, casi haciendo que Teseo se cayera del árbol por la emoción.

Los ladrones se adentraron por la apertura con sus monturas, y una vez dentro, el jefe habló: "Roca: ¡ciérrate!" Y la roca se cerró. "No hay duda", reflexionó Teseo desde el árbol, "esta roca pulcra es mágica y las palabras del líder de los bandidos tienen el poder de abrirla. Pero es aún más evidente que estos ladrones guardan su escondite secreto dentro de esta roca inusual, donde almacenan todo lo que roban".

De repente, se escuchó otro estruendo y la roca se abrió de nuevo. Los bandidos salieron y el jefe gritó: - "¡Roca, ciérrate!" La roca se cerró y los bandidos se alejaron a toda prisa, probablemente en busca de robar en otro sitio.

Una vez se fueron, Teseo descendió del árbol. - "Incluso puedo entrar en esa roca", afirmó. "La cuestión será si algún otro hombre o mujer, mediante esas frases mágicas, puede abrirla".

Entonces, con toda su fuerza, gritó:

"¡Roca: ábrete!" Y la roca se abrió. Después de parpadear un tiempo, se aventuró por la puerta mágica y entró. Y allí, encontró el mejor tesoro del mundo. -"¡Roca: ciérrate!" dijo más tarde.

La roca se cerró con Teseo dentro y él, con total calma, metió en una bolsa una cantidad considerable de monedas de oro y rubíes.

No demasiado: solo lo suficiente para comer durante un par de años. Luego, gritó: -"¡Ábrete, Roca!". La roca se abrió y Teseo salió con la bolsa al hombro. Luego dijo:

"¡Roca: ciérrate!" y la roca se cerró. Bajó a su casa, cantando de alegría.

Pero cuando su esposa lo vio entrar con la bolsa, comenzó a llorar.

"¿A quién le pediste prestado eso?", lamentó la mujer. Y siguió llorando.

Pero al contarle Teseo la verdadera historia, la mujer comenzó a bailar con él. "Nadie puede enterarse que aquí está el tesoro", dijo Teseo, "porque si alguien lo dice, querrán saber de dónde lo sacamos.

Y si les decimos, también tendrán que ir a esa roca mágica, y si la atraviesan, es posible que los bandidos la encuentren, y si la encuentran, nos descubrirán a nosotros. Y si nos descubren, nos cortarán la cabeza.

Enterraremos todo esto. "Antes contemos cuántas monedas y gemas hay".

"¿Y terminar en diez años? ¡Nunca!", respondió Teseo.

"Entonces pesaré todo esto. Así al menos sabremos cuánto tenemos y cuánto podemos gastar", dijo la mujer. Y añadió: - "Pediré prestada una balanza".

Lamentablemente, la esposa de Teseo tuvo la terrible idea de visitar la casa de Ulises y pedirle prestada la balanza.

Ulises ya no estaba en ese momento, pero su esposa sí.

"¿Y para qué necesitas la balanza?", preguntó la esposa de Ulises a la de Teseo. "Para pesar unos cuantos granos", respondió la esposa de Teseo. "¡Qué extraño!", pensó la esposa de Ulises. "Estos no tienen dinero para sobrevivir y ahora necesitan una balanza para pesar granos.

Solo los dueños de almacenes grandes y los ricos que compran granos utilizan una balanza".

"¿Y qué tipo de granos vas a pesar?", preguntó la esposa de Ulises después de pensar por un momento. "Bueno, cereales..." respondió la esposa de Teseo. "Te prestaré la balanza", ofreció la esposa de Ulises.

Pero antes de prestarla, y con mucha astucia, la esposa de Ulises engrasó la base de la balanza. "Algunos granos quedarán pegados con la grasa y así descubriré lo que han pesado", pensó la esposa de Ulises.

Teseo y su esposa pesaron todas las monedas y gemas. Luego devolvieron la balanza. Pero había un rubí adherido a la grasa.

"Así que estos son los granos que pesaban", murmuró la esposa de Ulises. "Se los mostraré a mi marido".

Cuando Ulises vio el rubí, casi se desmayó. Y él, que nunca recordaba visitar a Teseo, corrió a buscarlo.

Sin saludar a nadie, entró en la casa de su hermano justo cuando estaban a punto de enterrar el tesoro.

"¡Sinvergüenzas!", exclamó. "Han sido continuamente pobres.

Dime de dónde has obtenido este exquisito tesoro si no quieres que te denuncie a la policía". Y comenzó a patear con furia.

Teseo, resignado, comprendió que lo mejor sería contarle la verdad. "Mañana iré a esa roca y traeré todo a mi casa", prometió Ulises una vez que terminaron de explicarle.

A la mañana siguiente, Ulises se paró frente a la roca preparado para pronunciar las palabras mágicas.

Llevaba diez mulas y veinte bultos; eso era todo lo que planeaba llevarse.

"¿Qué tenía que decir?", se preguntó Ulises. "Ah, sí, ahora lo recuerdo..." Y muy emocionado exclamó: "¡Roca: ábrete!" La roca se abrió y Ulises entró.

"¡Roca: ciérrate!", y la gran piedra se cerró con él adentro.

Durante una hora, Ulises estuvo frente a las montañas de oro, efectivo y gemas. "Incluso si quiero, puedo venir todos los días", pensó, "pero no puedo dejar nada de valor aquí. Llevaré todo a casa".

Comenzó a morder el dinero para comprobar si era falso. Luego comenzó a seleccionar entre las gemas. "Aunque me lleve todo, es mejor empezar por las más grandes, no vaya a ser que en el futuro no pueda venir y me quede sin las de mejor calidad".

La elección duró unas cinco horas. Pero nunca sintió fatiga. "Gracias a mi tonto hermano, me he convertido en el hombre más rico del mundo".

Mientras cargaba los veinte bultos, se preparaba para partir.

"¿Qué tenía que decir?", se preguntó a sí mismo. "Ah, ya me acuerdo..." Y muy alegre dijo: "¡Piedra: ábrete!" Pero la roca ni siquiera se movió.

"¡Piedra: ábrete!", repitió Ulises. Pero la roca no obedeció. "Por Dios", dijo Ulises, "¡olvidé la palabra correcta!". "¿Por qué no la habré escrito en un papel?" Y, desesperado, comenzó a pronunciar el nombre de todas las cosas que recordaba: "Sal: ábrete"; "Col: ábrete"; "Hierba: ábrete".

Al final, completamente asustado, ya no supo qué decir: Hasta que la roca se abrió. Pero, no fue Ulises, fueron los malhechores que habían vuelto.

Y luego de descubrir a Ulises, lo mataron. "¿Cómo pudo entrar aquí?", preguntó uno. "Lo averiguaremos", afirmó el jefe.

"Ahora salgamos y robemos una vez más". Y se dirigieron a robar, después de asegurarse de dejar bien cerrada la roca.

Pero Teseo estaba preocupado porque Ulises no regresaba. Así que fue a buscarlo en la roca. Dijo "¡Roca: ábrete!", entró pues y se llevó una sorpresa al notar que a Ulises lo habían matado.

Llorando, lo llevó a su casa para sepultarlo.

Pero ha habido un problema: ¿qué podría decirles a los amigos? Si informara que Ulises había sido asesinado por ladrones, se podría descubrir el secreto, que, como ya sabemos, ya no era lo ideal. "Digamos que falleció de muerte natural", afirmó Nadia.

¿Cómo vamos a decir eso? "Nadie muere sin cabeza", dijo Teseo. "Lo investigaré", dijo Nadia, y fue a buscar a un modisto.

Caminando llegó a la residencia del modisto. -» Modisto – afirmó -, te vendaré los ojos y te llevaré a mi casa.

Eso nunca – respondió el modisto -. -Si voy, iré con los ojos bien abiertos. «-No, respondió Nadia. Y ella le dio una moneda de oro. "¿Y por qué necesitas vendarme los ojos?" preguntó el modisto. "Así que no ves a dónde te llevo y tampoco puedes decirle a cada persona dónde está mi residencia", dijo Nadia, y le dio otra moneda de oro.

¿Y qué debo hacer en tu propiedad? - preguntó el modisto. -Coser a un hombre fallecido, explicó Nadia. "Ah, no", afirmó el modisto, "eso no", y le tendió la mano a Nadia para que le presentara otra moneda.

"Está bien", afirmó el modisto después de recibir la moneda, "vamos a visitar su propiedad". Y fue.

El modisto cosió la cabeza del difunto. Y lo hizo todo con los ojos vendados. Al final regresó a su casa, y allí se quitó la venda de los ojos. "No comentes con nadie lo que hiciste", le dijo Nadia.

Y se fue feliz, porque con su plan todo ya estaba resuelto. Entonces, cuando los amigos se enteraron de que Ulises había muerto, nadie sospechó nada.

Y eso es lo que pasó con Ulises, el malo, el vago, el de mala memoria.

Pero parece que los ladrones regresaron a la roca y vieron que Ulises había desaparecido. -Si el difunto no está, es probable que se lo haya llevado una persona. "Y si una persona lo tomó, significa que una persona se fue de aquí llevándoselo", afirmó otro ladrón. "Pero si alguien entró aquí y se lo llevó, quiere decir que antes había entrado, porque nadie puede salir de ningún lado si no entra primero.

Quiere decir que el único que entró pronunció el nombre de las palabras mágicas.

¿Y qué significa? -preguntaron los otros ladrones.

¡Significa que alguien descubrió el secreto! -replicó el jefe.

¿Y qué sugiere? -preguntó otro. -Primero debemos conocer quién fue el que descubrió nuestro misterio.

Uno de ustedes debería visitar la ciudad y averiguarlo. "Yo iré", afirmó uno de los ladrones. Cuando el ladrón llegó al pueblo, pasó por el taller del modisto y entró.

Dio la casualidad de que era el modisto que ya conocemos. "Modisto", afirmó el ladrón, "busco a un hombre fallecido que falleció hace unos momentos".

¿Uno sin cabeza? - preguntó el modisto. "El mismo", dijo el ladrón. "No, no lo vi", afirmó el modisto. "Ningún modisto se ríe de mí", afirmó el ladrón.

Sabes de quién estoy hablando. -Sí, me doy cuenta, sin embargo, te juro que no lo vi.

Y el modisto se lo contó todo. "Qué pena", se lamentó el ladrón, "quería felicitarte con este bolso tan pequeño".

Y le mostró una pequeña bolsa llena de monedas de oro. "Espera un momento", afirmó el modisto, "no vi nada, pero debes saber que las personas ciegas tienen sentidos muy evolucionados".

Cuando me vendaron los ojos, mi sentido del olfato evolucionó abruptamente. Supongo que por el olor debo reconocer la casa a la que me llevaron.

Y pronunció: «Ciéguenme los ojos y obsérvenme. "Llegaré por mi nariz". Así fue. Con su fosa nasal el modisto fue oliendo todo. Detrás de él iba el ladrón.

Hasta que se detuvieron frente a una casa. "Esto es todo", dijo el modisto. Lo sé por el olor de la leña que desprende. "Muy bien", respondió el ladrón.

Haré una marca en la puerta para poder guiar a mis compañeros aquí y llevar a cabo nuestra venganza al amparo de la oscuridad de la noche.

Y el ladrón puso una marca en la puerta. Luego se fueron el ladrón y el modisto, cada uno por su camino.

Pero Nadia lo había visto todo. Luego Teseo salió al camino y marcó las puertas de todas las casas con una marca igual a la que había hecho el ladrón.

Luego se fue a dormir muy tranquilo. "Jefe", dijo el ladrón mientras regresaba a la guarida secreta, "con la ayuda de un modisto determiné la casa de quien conoce nuestro secreto y ahora puedo guiarte a esa zona".

¿Incluso en la oscuridad de la noche? ¿No vas a la casa equivocada? -preguntó el jefe. -No. Porque hice una marca absolutamente pequeña, que solo yo conozco.

Y todos los ladrones partieron a todo galope. "Esta es la casa", dijo el ladrón después de llegar a la primera puerta del pueblo. -La que tiene esa pequeña marca carmesí en la puerta. "Pero si todas la tienen", dijo el jefe.

Y le cortó la cabeza. Entonces el jefe afirmó: "Mañana hablaré con ese modisto". Y ordenó el regreso.

Al día siguiente el jefe de los ladrones buscó al modisto. Y lo amenazó. Y el modisto tenía los ojos vendados.

Y él lo guio. Y él le mostró la casa. Pero el líder ya no hizo ninguna marca en la puerta ni ninguna otra señal. Lo que hizo fue quedarse diez minutos mirando la casa. -Ahora soy capaz de reconocerla entre diez mil hogares iguales.

Y se fue a buscar a sus muchachos. "Entonces les ordenó, "para que podamos entrar a la casa del que descubrió el secreto y cortarle la cabeza, me haré pasar por vendedor de pasas".

En cada caballo cargaré dos tinajas de pasas sin pasas. Cada uno de ustedes se meterá en una tina y después de que yo de la orden, podrán matar al que encontró nuestro secreto y a todas las personas que salgan a protegerlo. "Muy bien", dijeron los ladrones.

Las monturas fueron cargadas con las tinas y cada ladrón se escondió allí. El jefe se disfrazó de vendedor de pasas y luego protegió las tinajas.

Esa tarde los ladrones ingresaron a la ciudad. Todos los que los vieron pensaban que se trataba de un vendedor de pasas.

Llegaron a la casa de Teseo y el jefe de los ladrones pidió permiso para pasar.

¿Quién eres? -Preguntó Teseo. "Un vendedor de pasas", afirmó el líder de los bandidos.

Lo mejor que os pido es refugio, para mí y mis caballos.

"Adelante, pacífico vendedor", afirmó Teseo. Y les dio refugio. Y también dulces y licores. Pero lo único que deseaba el líder de los ladrones era que llegara la noche para matar a Teseo y a toda su familia.

Y llegó la noche. Pero parece que había que encender las lámparas. "Nos quedamos sin aceite", dijo Nadia, "y no sé cómo encender las lámparas".

Por suerte hay un vendedor de pasas en casa; "Sacaré algunas de las tinas enormes que tiene donde seguro podré conseguir algo de aceite para encender las lámparas".

Nadia tomó un pesado cucharón de cobre, fue a la primera tina y levantó la tapa.

El ladrón que estaba interno creyó que se trataba de su jefe que había venido a buscarlo para lanzar el asalto, y le asomó la cabeza.

¡Qué pasas más raras! -exclamó Nadia, y lo golpeó en la cabeza con el cucharón.

El ladrón no volvió a levantarse.

Nadia fue a la segunda tina y levantó la tapa, y otro ladrón asomó la cabeza, preguntándose qué sería de su jefe. "Unas pasas con turbantes", dijo Nadia.

Y ella lo golpeó con el cucharón. El ladrón ya no se levantó más. Tina por tina las recorrió todas en la noche, y a todos les pasó lo mismo.

A ella y al único ladrón dentro de ella. Muy enfadada, fue a buscar al vendedor de pasas, y blandiendo su cucharón le dijo: -Es una vergüenza.

No descubrí ni una mísera gota de aceite en ninguna de sus tinas. ¿Con qué enciendo mis lámparas ahora? Y ella lo golpeó en la cabeza con el cucharón.

El jefe de los ladrones cayó de bruces.

¿Por qué tratas así a mis visitantes? –preguntó Teseo.

Luego Nadia le quitó el disfraz al jefe de los ladrones y todo quedó aclarado.

Como puedes imaginar, los ladrones obtuvieron su merecido. Y eso es lo que les ocurrió.

LOS PERROS

Esta historia sucedió hace mucho tiempo en el centro de la urbe.

Donde los atractivos y encantadores canes, Mico y Chispa, vivieron casualmente en una casita en el corazón del pueblo, con sus dueños, Lilian y Marcos.

Marcos se convirtió en pianista y pasaba el día sentado al piano componiendo hermosas melodías; Lilian, sin duda, se interesó por él debido a su talento musical.

Lilian y Marcos tenían a su disposición a una mujer mayor llamada Yula.

Ese día, Yula había limpiado meticulosamente el sótano. Mico estaba a punto de dar a luz. Chispa y Marcos esperaron en la sala, llenos de ansiedad, el gran momento.

Finalmente, la puerta del sótano se abrió y Yula miró.

¡Once! -exclamó Lilian desde abajo-.

Poco después descubrieron la cantidad final: ¡Quince! ¡Quince cachorros! Chispa se sintió muy orgulloso... Y completamente satisfecho.

¿Qué vamos a hacer con tantos? -preguntó Marcos al verlos. "Viviremos con ellos, naturalmente", respondió Yula, acunando a los suaves cachorros.

Precisamente esa noche, la malvada Cira fue a visitar a Lilian, su antigua compañera de universidad.

Al ver los cachorros, intentó comprarlos todos. "No están en venta", dijo Marcos, indicándoles la puerta para que se fueran.

Chispa empezó a gruñir y a mostrar los dientes.

Entonces Cira, furiosa, se marchó dando un portazo.

¡Quiero esos perros! -murmuró Cira mientras se iba.

Luego fue a la casa de sus secuaces, Honorio y Balsar, y les explicó su malvado plan. "Esperemos a que maduren", les indicó.

Y entonces, aprovechando el paseo nocturno de Chispa y Mico con sus dueños, podemos actuar. Esa noche, como de costumbre, Marcos y Lilian salieron a caminar por el parque, después de dejar a los cachorros dormidos al cuidado de Yula.

En cuanto Honorio y Balsar vieron que se marchaban, entraron a la casa, encerraron a Yula y metieron a los perros en un saco.

Cuando Marcos llamó a la policía, los perros habían desaparecido. Pero Chispa y Mico piensan que la "llamada crepuscular", el medio de comunicación canino, podría ser más útil.

¡GUAU! ¡WOW! -Ladró Chispa, con todas sus fuerzas.

Su mensaje acabó siendo escuchado a través de un gran danés, que vivía en las afueras, y él mismo se encargó de transmitirlo a otros cachorros de esta manera, y por ello llegó a todos los rincones de la urbe.

Finalmente, la noticia llegó al señor de la finca contigua a la mansión. "Tal vez puedan estar allí"

¿Dónde? –preguntó el señor de la finca. -Esta noche escuché ruido en la mansión. Me dio la impresión de que había habido muchos cachorros, porque no cesaban los ladridos.

¡Vamos a ver! -ordenó el señor.

¡Por mi bigote! -Exclamó asombrado, buscando por la ventana - ¡Son tantos! Tendremos que informar rápidamente.

Chispa había estado junto a la ventana toda la noche. -Escucha... ¡GUAU, GUAU, GUAU! "Los han descubierto en una antigua mansión, le dijo a Mico.

Los dos perros corrieron hasta que finalmente llegaron a la finca del señor de la granja y sus amigos.

Allí les habían informado de lo que habían visto. Cuando llegaron a la casa, los secuaces de Cira estaban mirando la televisión.

El momento terrible aún no había llegado: había que exterminar a los perros. "Son muchos..." afirmó Mico, contando los cachorros. Noventa y ocho... Quiero decir, ¡son noventa y nueve!

"No te preocupes", murmuró Chispa, "nosotros nos los llevaremos todos".

Y sigilosamente por un agujero sacaron uno tras otro sin que Honorio y Balsar lo supieran. Pero mientras terminaba el programa de televisión que habían estado viendo, comenzaron a buscar en cada rincón.

¡Ahí están! -Gritó Cira al llegar en ese momento. -Se dirigen a la vieja granja.

Los aprensivos cachorros corrieron mientras los amigos del señor de la granja les daban su merecido. "Necesitamos encontrar un área donde refugiarnos", afirmó Mico en voz baja. Es posible que los perros no aguanten mucho tiempo.

Tienen hambre, frío y están muy cansados. "Venid a mi granja", les dijo un hombre, apareciendo para acogerlos. -Pasarán la noche en el establo con las vacas, ellas proporcionarán leche a los cachorros.

Después de saciar su hambre, los exhaustos perros se durmieron sobre la suave y perfumada paja. Mientras el hombre les comunicaba su plan a Chispa y Mico. -Mañana podéis ir a la urbe.

Los propietarios de mi amigo tienen un almacén y delante de "Puede que todo esté bien", respondió Chispa para tranquilizarla.

Al día siguiente se dirigieron al almacén, pero a pesar de los esfuerzos de Chispa por borrar sus huellas de la nieve, sus enemigos los localizaron.

Cuando los perros estaban a punto de subir al camión, vieron llegar el coche de Cira.

¡Rápido! -dijo el granjero-, escondeos dentro del sótano.

¡Son unos incompetentes! -ella gritó. Los perros, ajeno al peligro, comenzaron a jugar con el carbón.

¡No te preocupes! -dijo Chispa, complacido también. -Se me ha ocurrido una idea. "Entiendo", afirmó el granjero, "ahora podéis pasar por perros labradores y escapar".

Y así salieron del almacén y fueron cargados en el camión ante los ojos de Cira y sus secuaces.

¡Están allí! -Gritó Cira. Pero el camión ya había partido con los perros.

Cira siguió furiosamente al vehículo, pero resbaló en una curva y el auto quedó destrozado en una zanja.

Mientras estaba en casa, Lilian se puso a decorar el árbol de Navidad y Marcos la miró triste en su sillón. -No puedo creer que Chispa y Mico nos hayan dejado -dijo Marcos. De repente - ¡GUAU, GUAU!

¡Son ellos! -gritó Lilian - ¡son ellos Marcos! -Mira, ¡hay noventa y nueve cachorros! -No importa -dijo Marcos, completamente feliz-. ¡Nos quedamos con todos!

Y como esta casa es muy pequeña, ¡compraremos otra más grande en el campo!

MANZANAS POR DESPERDICIOS

Érase una vez un agricultor que se ganaba la vida cultivando vegetales y hortalizas que después comercializaba en el mercado.

Con el dinero que obtuvo compró todo lo esencial para asistir a su esposa y a su hijo.

El hombre se alegró mucho porque tenía una esposa excelente y se sentía muy contento con su hijo, un joven fantástico siempre dispuesto a asistir en las arduas labores y colaborar en cualquier cosa necesaria.

Además de trabajador, el joven se volvía muy educado, sensible y de gran personalidad. Tenía 33 años y la pareja pensaba que había llegado el momento de que él encontrara a la persona adecuada para casarse y formar su propia familia.

Además, ¡ambos esperaban con ansias ser abuelos! Lo más complicado fue un pequeño problema: el chico se volvió muy tímido con las mujeres y nunca se había enamorado de ninguna todavía.

El padre pensó que podía echarle una mano y se propuso encontrar una buena mujer para su amado hijo.

Un día, sin anunciar nada a nadie, cogió un gran saco y lo llenó de jugosas Manzanas amarillas que él mismo había recogido la tarde anterior.

Luego lo subió a un pequeño carruaje que enganchó a su viejo caballo y se dirigió a la ciudad más cercana.

Se dirigió al cuadrado donde se encontraba el mercado y vio que estaba lleno de gente. Se paró en el centro y empezó a gritar como un loco para que se le oyera claramente: – ¡Cambio Manzanas por desperdicios! ¡Cambio Manzanas por desperdicios!

Al parecer el campesino ofreció de nuevo un trueque de calidad, por lo que lógicamente, todas las mujeres de la ciudad comenzaron a barrer y ordenar sus casas para reunir la mayor cantidad de desperdicios y cambiarla por manzanas.

Imagínese la extraña escena: las señoras se acercaron al agricultor con las bolsas, él las recogía y, a cambio, les daba Manzanas.

Cuando terminaba, podía subirse al caballo, ir a otra ciudad, buscar el cuadrado más concurrido y repetir la operación. – ¡Cambio Manzanas por desperdicios! ¡Cambio Manzanas por desperdicios!

La idea volvió a tener el efecto deseado: todas las muchachas comenzaron a acumular los desperdicios que habían esparcido por la casa, llenaron numerosas bolsas y se las llevaron al campesino, quien, muy generoso, ¡les regaló kilos de Manzanas! Para ellas, ¡el trato ya no podría ser más favorable!

Ocurrió que llegó a un pueblo en el que nunca había estado y, como en ocasiones anteriores, buscó la zona en la que se encontraba la gente y comenzó a anunciar su oferta. – ¡Cambio Manzanas por desperdicios! ¡Cambio Manzanas por desperdicios!

Una vez más las mujeres salieron a limpiar sus casas y salieron emocionadas con la bolsa llena de desperdicios.

Todas ellas, salvo una impresionante dama que se acercó al campesino con un bolso totalmente pequeño, aproximadamente del tamaño de un monedero. – ¡Vaya, jovencita, ¡qué pocos desperdicios me traes!

La chica, un poco avergonzada, explicó: – Lo siento, pero barro y recojo la casa todos los días porque quiero tenerla bien cuidada y aseada. ¡Esto es lo único que pude recoger! El hombre intentó disimular su emoción.

¿Cómo te llamas? – Mi nombre es Sofía, señor. – ¿Estás casada, Sofía? La chica se puso rosa como un tomate.

No, no soy casada; Trabajo mucho y todavía no he conocido a ningún hombre que valga la pena, sin embargo, reconozco que en algún momento me casaré y formaré una gran familia porque amo a los niños.

El agricultor quedó deslumbrado por su dulzura y tuvo claro que ella sería una mujer apropiada para su hijo, justo lo que él estaba buscando. ¡Su plan había funcionado!

Él la tomó de los brazos con cariño, la miró a los ojos y se lo confesó todo. – Sofía, tengo algo que informarte: de hecho, he preparado todo este escándalo de intercambiar desperdicios por Manzanas para encontrar una mujer excelente y trabajadora.

Eres la mejor persona que vino a verme con una pequeña bolsa porque tu casa está siempre limpia y aseada; No hay desperdicios acumulados en tu hogar y eso me sugiere que eres trabajadora, te preocupas por tus cosas y también te preocupas por lo que te rodea.

Sí, pero… ¿Por qué necesitas descubrir a una mujer como yo? – Bueno, porque en realidad tengo un buen hijo que está deseando casarse y formar una familia, pero el chico trabaja tanto que nunca tiene tiempo para conocer mujeres de su edad.

Por lo que me acabas de decir te pasa lo mismo, así que supongo que no sería una mala idea para que podáis llegar a entenderos. – No, no sería una mala idea…

¡Así que no hablemos más! Te invito a tomar un refrigerio en mi casa, siento que se van a caer muy bien.

¡De acuerdo! Podría ser bueno para mí tomarme una tarde libre y hacer un nuevo amigo.

El hijo del agricultor se encontraba podando unas rosas en la entrada cuando vio aparecer a su padre a caballo, acompañado de una mujer desconocida, pero sin duda hermosa. Cuando los alcanzaron, cada uno se bajó del caballo.

Hijo mío, ella es Sofía, una nueva amiga que necesito presentarte. De hecho, la he invitado a tomar una merienda con nosotros para que puedas conocerla y de paso probará el rico pastel de naranja que prepara tu mamá.

¿Te parece bien? Ni el joven ni Sofía escucharon lo que el agricultor estaba diciendo porque el flechazo se volvió instantáneo y ambos quedaron completamente sorprendidos, mirándose a los ojos, ajenos al resto del mundo.

El agricultor se dio cuenta y se alejó en silencio con una sonrisa en los labios.

Sabía que los jóvenes acababan de enamorarse y todo por intercambiar Manzanas por desperdicios.

LA ANCIANA Y EL HUEVO

En un pequeño poblado residía una anciana a la que le fascinaba degustar un huevo cada noche antes de acostarse.

No precisaba de carnes asadas, vegetales ni dulces. ¡Tan solo un huevo antes de ir a dormir! Cada mañana, caminando lentamente y ayudándose de un bastón de madera, se dirigía al mercado para adquirir un huevo blanco y delicioso que disfrutaba por las noches como si fuera un exquisito caviar.

El tiempo pasó y llegó un día en que sus piernas, debido a su avanzada edad, empezaron a debilitarse. ¡Resultaba agotador tener que caminar mucho! Por tal motivo, se decidió a romper la alcancía de barro que la guardaba en un cajón y, con sus pocos ahorros, comprar una gallina.

¡Es un plan ideal! Cuidaré y mimaré a la gallina para que todos los días me obsequie un huevo para cenar. ¡Soy demasiado anciana para ir al pueblo diariamente!

Así lo hizo. Seleccionó un hermoso ejemplar y retornó a su hogar con él. La gallina, astuta, se acomodó en un rincón de la cocina, donde había un cojín suave y mullido.

A la anciana le pareció gracioso y lo permitió porque deseaba que se sintiera cómoda y feliz. Además de concederle el lugar privilegiado dentro de la casa, la alimentaba con un maíz excepcional y todas las noches la cubría con una manta de lana para que pudiera dormir abrigada.

La gallina se sintió muy agradecida desde el primer día por vivir como una reina. Para corresponder a la anciana, se esforzó en poner el agradable huevo diario.

Una vez amanecía, la anciana podía recogerlo con entusiasmo y constantemente le expresaba su agradecimiento por su obsequio. – ¡Qué ricos están tus huevos, gallinita mía, muchas gracias!

La anciana quedó tan satisfecha y contenta que en una ocasión decidió invitar a cenar a sus amistades. Dadas sus circunstancias, ansiaba que la gallina pusiera siete huevos, uno para ella y seis para sus visitantes.

Vamos gallinita, dame seis huevos para cenar hoy, por favor. La gallina se quedó en silencio y negó con su cabecita. No lo hacía por terquedad, sino porque, como todos sabemos, las gallinas solo pueden poner un huevo al día.

La anciana, que era bastante ignorante, no conocía esta característica de las gallinas y siguió insistiendo con el animal. – ¡Vamos, gallina, dame siete huevos, uno no siempre me basta!

No había solución.

Para la gallina era imposible, algo que iba en contra de su propia naturaleza. Desconcertada, miró a la anciana con una mirada preocupada, buscando hacerla comprender su situación.

Desafortunadamente, la dueña perdió su perseverancia y empezó a maldecir. Se enfadó tanto que en un ataque de ira y creyendo que la gallina guardaba todos los huevos en su interior, decidió sacrificarla y llevarse los huevos.

Quedó muy sorprendida y su rostro reflejó gran asombro cuando descubrió que ni siquiera había un huevo dentro de la gallina. ¿Qué hacer?...

El tiempo se agotaba y los invitados estaban por llegar. Lo mejor que se le ocurrió fue desplumarla, untar las plumas con un toque de aceite y pimentón, y asarla en el horno.

Los vecinos llegaron puntualmente y se sentaron a la mesa. Cuando la anciana apareció con la bandeja, uno de ellos comentó: – ¿Gallina para cenar? ¡Qué peculiaridad, si siempre cenas un huevo! – Sí, es cierto... Intenté que mi gallina pusiera siete huevos hoy, pero como no pudo, decidí convertirla en nuestra cena.

Los amigos se miraron sorprendidos y estallaron en risas.

¡Qué equivocación! ¡Las gallinas ponen solo un huevo por día! ¡Al no meditar bien las cosas, a partir del día siguiente podrías no tener ni la gallina ni el huevo!

Qué sincero era el vecino.

La anciana, por ser impulsiva, había perdido su gallina y con ello la oportunidad de tener un huevo diario para cenar. ¡Sin duda, una elección desastrosa! Pero no te preocupes, ¡esta historia no acabará mal!

Y en la noche, ya en su cama, la anciana reflexionó sobre lo sucedido hasta que encontró una manera de corregir su error. – ¡Sí, ya lo tengo! ¡Esta vez actuaré con inteligencia! ¿Tienes curiosidad por saber lo que hizo?...

¡Claro! Al día siguiente fue al mercado y aprendió bien cómo las gallinas ponen huevos.

El vendedor le explicó que lo único que podía conseguir era un huevo cada día y entonces la mujer fue muy clara: lo mejor sería comprar siete gallinas que le entregaran siete huevos cada mañana.

¡Fue así como, a partir de ese día, logró tener un delicioso huevo para cenar y reservó los otros seis mientras conseguía visitas!

EL TIGRE ASTUTO

Había una vez una Tigra que mantenía una relación amorosa con un anciano y candoroso Tigre, y constantemente le sustraía la comida.

Con gran astucia, cada día, aprovechaba que el felino se quedaba profundamente dormido para adentrarse en su guarida y arrebatarle las raciones de carne que guardaba para su cena.

Aunque nunca la había atrapado in fraganti, al Tigre le habían llegado rumores de que se había convertido en una ladrona y ya se sentía afligido al retornar a casa y encontrar que todos sus suministros habían desaparecido.

Un día decidió que era momento de tomarse revancha de su eterna contrincante y se lo comentó a su compañero el guepardo. – Está claro que debo hacer algo al respecto.

Esta descarada me deja sin alimento por muchos días, lo cual no me parece justo.

Paso horas cazando y ella no hace más que holgazanear todo el día para luego devorar lo que es mío. – Indudablemente su proceder es intolerable, compañero. – Necesito atraparla para darle una lección, sin embargo, ella puede ser muy ágil y yo ya estoy entrado en años… ¿Algún consejo? Su apreciado colega, el guepardo, tuvo una idea que al Tigre le pareció sumamente brillante.

Creo que la mejor táctica es fingir ser un inútil.

Te tumbas en la hierba a la entrada de la cueva y cuando la Tigra venga a robarte y pase a tu lado… ¡zas!… ¡extiendes tu pata y la agarras por la cola! – ¡Es un plan estupendo, amigo! Me iré a casa para ponerlo en marcha. ¡Gracias por tu colaboración! Siguiendo al pie de la letra el consejo del guepardo, el Tigre se tendió a la entrada de su guarida, permaneció boca arriba, completamente inmóvil y rígido, aparentando ser un cadáver.

Posteriormente, esperó y esperó hasta que, finalmente, vislumbró de reojo que se acercaba la Tigra.

Mantuvo la respiración esperando a que ella pasara cerca de él para adentrarse en la cueva, pero, desafortunadamente, una parte del plan falló.

En lugar de acercarse, la Tigra se detuvo a un par de metros de distancia y el falso difunto escuchó sus palabras: – Parece que efectivamente el Tigre ha fallecido.

No puedo confirmarlo hasta que se tire tres flatulencias, porque todos sabemos que eso es lo que hacen los leones después de morir.

La Tigra se aseguró de hablar en voz alta para que el Tigre la oyera y él, que era crédulo, cayó en la trampa.

Se concentró y, sin mover un solo músculo, se tiró 3 flatulencias enormes y pestilentes. ¡PRRRR! ¡PRRRR! ¡PRRRR! La Tigra se tapó la nariz y comenzó a reír.

¡Jajaja! Ciertamente sabes cómo lanzar flatulencias como bombas apestosas, compañero, pero lo más evidente es que estás más vivo y activo que yo.

El Tigre se ruborizó y bastante molesto se levantó, sin embargo, la Tigra ya había huido y le gritaba desde lejos: – ¡Oh, ¡Tigre, debes estar muy alerta para atrapar a una astuta Tigra como yo!

El felino tenía que reconocerlo: esa tramposa se había vuelto escurridiza y no tuvo más opción que urdir un plan más elaborado. – ¡Soy viejo, pero no tan ingenuo como aparento! ¡Ten por seguro que tarde o temprano te capturaré!

Resignado, se adentró en su guarida y empezó a idear una nueva y singular estrategia para atraparla.

¿Lo consiguió?... ¡Quién sabe! Colorín Colorado, este encantador relato ha terminado.

LAS ALAS PARA VOLAR

Valeria llegó a casa esa tarde muy contenta. Y aunque está alegre, pasa su tiempo jugando en lugar de abordar asuntos cruciales.

Mamá, ahora podemos despedir a papá de la casa.

Pero que cosas dices, respondió la mamá.

Porque estos días en el colegio una maestra nos explicó con mucha certeza que los hombres no son útiles y que las mujeres nos bastamos solas para manejar una familia y un hogar.

No es sorprendente que al ver a papá ya me lo estuviera imaginando.

Estás equivocada, amorcito, los padres como el tuyo hacen más de lo que aparentan... Y fue entonces que su madre empezó a publicar libros y folletos que trataban sobre la importancia de los padres en la educación, la mejora de la superficialidad y la confianza, habilidades sociales y muchos otros aspectos que Valeria no comprendía.

"Mami", "¿por favor explicame de alguna otra forma para que yo pueda comprender todo esto?" – Claro hija.

Los padres, haciendo las cosas a su manera, son los que hacen que te desarrollen las alas.

Valeria no necesitaba escuchar más. ¡Ella iba a tener alas! Al día siguiente contagió su entusiasmo a todos los niños y niñas en su escuela.

Pero algunos estaban preocupados. Juanito apenas veía a su progenitor, debido a que pasaba la mayor parte del día al aire libre. -Si no me regaña, juega conmigo o me llama, no creo que mis alas crezcan.

"Yo tampoco", afirmó Rosita casi llorando, "mis padres se separaron y yo solo puedo ver a mi padre de vez en cuando". Bien, crearemos "un Club" para instar a nuestros padres a desarrollar nuestras alas.

Todos en la magnificencia se unieron al club y con entusiasmo se propusieron encontrar formas de pasar más tiempo con sus padres.

Si era crucial, los propios niños les enseñaban a establecer pautas, regañar o jugar videojuegos estúpidos.

Con su entusiasmo y logros reales, terminaron persuadiendo a muchos otros padres para que se unieran al club y organizaran todo tipo de excursiones, eventos y actividades. Incluso el padre de Juanito empezó a salir antes del trabajo, y la madre de Rosita permitía que su padre fuera a verla cada vez que ella quería.

Al finalizar la jornada tuvieron una gran celebración de cumpleaños.

Todos los padres asistieron y se les entregó la insignia especial del Club. Todos se alegraron. Todos, excepto un personaje: aquella maestra que les había informado que los hombres eran vanidosos.

Acercándose a la madre de Valeria, le preguntó en voz baja: Aquí hay muchos padres.

La madre de Valeria le respondió, "gracias a estos padres todos los niños y niñas tendrán sus propias alas". Los niños no vuelan. "Ya no es correcto", interrumpió Valeria. "Los niños volamos mientras llegamos...

Pero no pudo terminar la frase.

Cuando miró a los ojos de la maestra tal vez solo quiso encontrar rencor y, escondida entre tanto odio, la sombra de una niña infeliz que nunca había tenido alas.

Ella sintió pena, y fue entonces que entendió que sus alas, las que, al hacer crecer su papá, no tendrían plumas, pero la hacían volar mucho más alto que cualquier ave con alas y plumas.

EL LIBRO

Mateo detestaba los libros y la vida. Se enfureció porque una vez lo forzaron a investigar y buscó vengarse por rabia.

Por eso, cuando descubrió que los peores documentos escritos estaban escondidos en una biblioteca antigua, decidió no detenerse hasta localizarlos.

Planeaba exhibir lo peor de todo, obligar a todos sus adversarios a leerlos.

Viajó extensamente, examinando libros y mapas, explorando ruinas antiguas, siguiendo pistas mágicas y resolviendo acertijos misteriosos.

Evadió a ladrones de tumbas y contrabandistas, ubicó rollos de pergamino extraviados, cruzó islas y volcanes hasta que, finalmente, encontró la biblioteca histórica y deshabitada.

Ninguno de los numerosos libros que encontró allí tenía título. Podría empezar a leerlos para seleccionar el peor, y Mateo abrió el primero.

Dado que a Mateo le atraía todo lo relacionado con los viajes, leyó varias páginas seguidas. Cuando se dio cuenta de que este no podía ser el peor libro del mundo, se sumergió tanto en la historia que no podía dejar de leerla.

Al día siguiente, Mateo agarró otro libro que cautivó aún más su imaginación que el anterior, simplemente porque también ocurrió en una tarde posterior.

Y así, cada día, tomaba un libro con la esperanza de hallar el peor libro, pero podía terminar sumergiéndose en un fascinante libro de aventuras que debía abandonar hasta bien entrada la noche.

Pasó varios años estudiando, entreteniéndose tanto que olvidó por qué estaba allí, hasta que descubrió, casi oculto, un libro excepcional.

Cuando lo abrió, leyó la única frase escrita en la primera página: "Este es el peor libro". ¡Finalmente! Impaciente, pasó la página para comenzar a leerlo.

Sin embargo, la página quedó en blanco, así que pasó a la siguiente página y a todas las demás páginas del libro.

Al verlas así, vacías, aguardando una historia que contar, Mateo sintió una terrible decepción. En su interior, anhelaba seguir leyendo tanto que comprendió que solo un libro no escrito sería el peor libro.

Entonces consideró que había llegado su momento y, tomando el bolígrafo, comenzó a redactar todas sus aventuras para llenar las páginas en blanco. Pero no logró nombrarlas y, al terminar, colocó el libro junto a los demás y se dirigió a comprar un libro vacío.

De vuelta en la biblioteca, escribió en la primera página del libro vacío: "Éste es el peor libro" y lo dejó tal como lo había encontrado.

Y salió de allí con la esperanza de que el siguiente visitante a esa biblioteca pudiera tener una historia fascinante que narrar.

LA FUENTE Y LA BRUJA

Hace unos años en un pueblo, había un rey que controlaba firmemente su territorio.

Había reunido tantas fuerzas que nadie se atrevió a cuestionar ninguna de sus decisiones: si ordenaba algo, todos obedecían sin vacilar. Ir en su contra podría tener resultados muy desfavorables.

Se puede decir que todos le temían, pero como además se convirtió en un hombre astuto, en el fondo lo respetaban y apreciaban su manera de hacer las cosas.

En el pueblo solo existía una fuente de agua, pero era muy grande y servía para abastecer a todos los habitantes del lugar.

Todos los días, cientos de personas acudían a ella y llenaban sus tinajas para poder beber y refrescarse. Los sirvientes del rey también recolectaban allí el preciado líquido para llevarlo al palacio.

Así, tanto los pobres como los ricos, el rey y el aldeano, disfrutaban del agua.

Sucedió que una noche de verano, mientras todos dormitaban, una bruja terrible se arrastró hacia la fuente de agua.

La tocó y comenzó a reírse, mostrando sus pocos dientes negros e impregnando el aire con un aliento desagradable.

Se disponía a realizar una de sus insidias maquiavélicas y ¡le divirtió mucho! Debajo de su falda llevaba una pequeña bolsa, y en su interior había una pequeña botella que contenía un líquido amarillento y pegajoso.

Lo tomó, desenroscó el pequeño tapón y dejó caer unas gotas mientras susurraba: – Soy una bruja y me comporto como una bruja. ¡Quien tome de esta agua se volverá completamente loco!

Con eso, desapareció en la oscuridad de la noche, dejando una pequeña nube de humo como única pista.

Unas horas más tarde, los primeros rayos de sol anunciaron la llegada del nuevo día.

Como de costumbre, las aves cantaron y la ciudad se llenó del bullicio diario.

Todos los habitantes del pueblo, corrieron a buscar agua en la fuente para saciar su sed y refrescarse.

Curiosamente, nadie notó que el agua ya no era exactamente la misma y algunos incluso exclamaron: – ¡Qué placer!... ¡Hoy el agua de la fuente está más rica que nunca! Todos bebieron de ella excepto el rey, que se encontraba de viaje fuera de la ciudad.

El día caluroso transcurrió, la noche llegó y el nuevo amanecer surgió como siempre, pero la realidad es que ya nada era igual en la ciudad.

¡Todos habían cambiado! A causa del hechizo de la bruja, hombres, mujeres, niños y ancianos se despertaron asustados y haciendo locuras. Algunos deliraban y decían tonterías; otros comenzaron a alucinar y a ver cosas inusuales en cualquier lugar.

No quedaba ninguna duda... ¡Todos, sin excepción, habían perdido la razón!

A su regreso, el rey fue convenientemente informado de lo que estaba sucediendo y salió a caminar para presenciarlo con sus propios ojos.

Los ciudadanos se acumularon a su alrededor, y una vez que se dieron cuenta de que no se comportaba como ellos, empezaron a suponer que hacía tiempo que se había vuelto completamente loco.

Completamente desilusionados, corrieron en masa hacia la plaza principal para decirse entre sí: ¿Habéis notado que nuestro rey está hablando de forma muy extraña? ¡Creo que se ha vuelto loco! – ¡Sí, claro, es una especie de demente! – ¡Necesitamos desterrarlo y permitir que otro gobierne!

Imagina un grupo de personas fuera de control, completamente trastornadas, que de repente se convencen de que los dementes no son ellos, sino su rey.

Se armó tal alboroto que el monarca exclamó al cielo. – ¡¿Pero qué diablos está pasando?! ¡Todos mis súbditos han perdido la cabeza y piensan que soy el único que está loco!

A pesar del difícil escenario que tuvo que afrontar, decidió mantener la calma y reflexionar. Rápidamente, conectó los puntos y dio en el clavo: – Tenía que ser por el agua de la fuente... ¡Es la explicación más plausible! Sí, está muy claro que todos están bajo su influencia, yo no bebí agua y es por eso que me salvé...

¡Apuesto mi cuello a que son los hechizos de la bruja malvada! Mientras reflexionaba, notó por el rabillo del ojo a un alfarero que lucía una vasija de barro en la mano.

¡Caballero, préstame la jarra!

El monarca la tomó y empujó a la gente, luego dando largos pasos, se paró frente a la fuente de agua sin preocupaciones.

Los habitantes del pueblo se agolparon detrás de él con la respiración contenida. – Entonces viste que yo soy el loco, ¿verdad?

El rey colocó la jarra en la fuente y bebió algunos sorbos del agua encantada.

En cuestión de segundos, simplemente porque la bruja había sentenciado, se volvió loco al igual que los demás. Y... ¿Te das cuenta de lo que pasó? Bueno, los vecinos perturbados comenzaron a aplaudir porque intuían que al final el rey se volvía como ellos, es decir... ¡Que había recuperado su razón!

EL PRINCIPE RAYO

La historia cuenta que hace muchos siglos, un emperador adoptó a un niño rescatado en el mar y lo llamó Rayo.

Con el tiempo, el niño se transformó en un joven extremadamente sensato y trabajador, lo que llenó de orgullo a su padre.

Sin embargo, la admiración del emperador por Rayo despertó la envidia de sus hermanos.

Desesperados por desanimar al joven príncipe, comenzaron a inventar rumores que rápidamente se difundieron por todo el reino. Hasta que un día, estas habladurías llegaron a oídos del emperador.

"Su majestad, el príncipe Rayo planea derrocarle y autoproclamarse emperador", afirmó el asesor real.

A pesar de su amor por su hijo, el emperador decidió que primero debía proteger su reino de una posible traición y ordenó al príncipe vivir en una isla desierta.

Lejos de la comodidad y los lujos del palacio, Rayo tuvo que construir su propio refugio, excavar un pozo para obtener agua, y aprender a pescar y cazar para alimentarse.

Una mañana, descubrió una fruta verde tan grande y redonda como una pelota.

Intrigado, la partió por la mitad y probó su jugosa pulpa. Maravillado por su delicioso sabor, guardó las semillas para plantarlas.

Después de meses, flores brotaron del suelo arenoso de la isla, produciendo frutas grandes, redondas y verdes.

Rayo grabó el nombre de la isla y el suyo en las frutas y las arrojó al mar.

Pronto, los marineros avistaron estas frutas flotando en el agua.

Las noticias sobre el impresionante fruto con el nombre del príncipe desterrado se propagaron por todo el continente, llegando a oídos del emperador y sus otros hijos:

"Su Majestad, el Príncipe Rayo cultivó un fruto de excelente calidad; su logro es tan impactante que toda la isla que antes era desértica ahora es una isla muy próspera y productiva, muy codiciada por los comerciantes y se ha convertido en el territorio más próspero del imperio", informó el asesor del rey.

El emperador escuchó atentamente, observando las reacciones de disgusto de sus otros hijos.

En ese momento, comprendió la verdad: ¡había sido engañado!

Decidido a enmendar su error, llamó a Rayo de regreso a la corte.

Cuando el joven volvió al palacio, el emperador anunció que el heredero de su trono sería el príncipe Rayo.

Se sentía orgulloso de tener un hijo con la valentía y fuerza para superar las dificultades; sabía que estas cualidades lo convertirían en un gran líder.

Desde entonces, los habitantes de la región contarán la historia del fuerte Rayo, que, gracias a la belleza y dulzura de su logro, siempre será recordado con admiración.

LA TORRE

Esta es la historia de un granjero llamado Arby que vivía en un lugar llamado Motatán, bajo la sombra del monte más alto del planeta.

Arby criaba vacas en esta vecindad.

Un día, tras un fuerte viento, Arby notó que todas sus vacas habían escapado.

Muy disgustado, subió sin descanso por la montaña en busca de sus valiosos animales.

Pasó el tiempo rápidamente.

Muchos habrían desistido y regresado a sus granjas, pero no Arby.

Su determinación por encontrar a sus animales lo llevó a seguir escalando hasta llegar al cielo.

Allí, en aquel lugar asombroso, encontró a sus vaquitas. Su felicidad fue inmensa, y rogó a los habitantes del cielo que le permitieran dejar a sus vacas allí. Sin embargo, estos se negaron y le aconsejaron:

—No puedes quedarte aquí, no es el momento. Necesitas regresar a Motatán.

Arby emprendió entonces el largo camino de regreso. Al llegar a Motatán, compartió con todos, las maravillas que había visto en el cielo.

—¡Deberíamos conocer ese maravilloso lugar! —exclamaron todos—. Si construimos una torre, podremos llegar al cielo mucho más rápido.

Así, todos los habitantes de Motatán se unieron para construir una torre, empezando desde los cimientos y con la ayuda de un solo hombre de la Tierra para protegerla.

A medida que la torre se acercaba al cielo, la gente empezó a impacientarse y algunos pensaron:

—Si tuviéramos garfios para lanzar cuerdas, podríamos subir a las nubes sin tener que construir más pisos.

De piso en piso, partiendo desde la cima, clamaban:

—¡Necesitamos garfios!

Sin embargo, el mensaje se distorsionó tanto que, al llegar al primer piso, el hombre de la Tierra escuchó:

—¡Debes derribar la torre con un garfio!

De inmediato, el hombre comenzó a desmantelar la torre con su garfio hasta que esta cayó.

Por esta razón, aún hoy en día, existe una gran mancha en el centro de Motatán, donde cayó la gran torre que casi alcanzó el cielo.

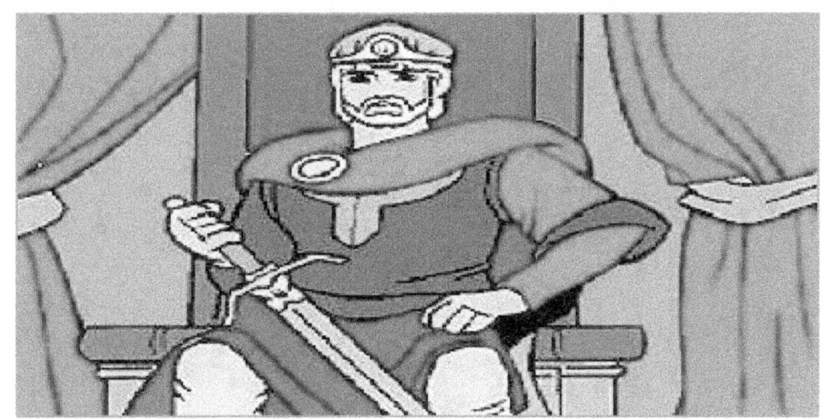

LA ELECCION DEL REY

Cuenta la leyenda que hace muchos años, un rey enfermo y desinteresado en gobernar anunció a sus súbditos que elegiría un sucesor basándose únicamente en la fuerza que demostraran.

Pronto, los hombres más valientes se presentaron ante el rey para narrar sus heroicas hazañas.

El primero en hablar fue un hombre corpulento con barba, que dijo: —Una noche, en medio de una tormenta mientras navegaba, usé mi excepcional energía para agarrar mi bote con una mano y nadar hasta la orilla con la otra.

Luego le tocó el turno a un joven moreno, alto y musculoso: —Mi rey, mi proeza en el mar superó todo.

En una noche de tormenta, el viento se volvió tan furioso que tuve que tomar mi bote con ambas manos y nadar únicamente con las piernas.

Finalmente, habló un hombre robusto pero violento y poco popular entre el público.

El rey y todos escucharon con atención.

—Su majestad, si busca el mayor acto de fuerza, entonces yo soy su mejor opción para el trono.

Los testimonios de los otros no se comparan con los míos —dijo, seguro de ser el mejor de los tres.

Fíjese, comandé una flota de barcos durante un tifón. Llamé a mi caballo, que podía circular por tierra y mar, amarré la costa a su cola con una cuerda de hierro y remolqué el reino entero hacia los barcos. Como no era posible llevar los barcos a tierra, decidí llevar la tierra a los barcos.

—Increíble, extraordinario —exclamó el rey, sorprendido.

Sin embargo, el rey sabía que elegirlo como su sucesor podría causar gran descontento entre su gente.

Entonces dijo: —Tu hazaña es realmente heroica, pero tu caballo demostró ser más fuerte que tú. Almacenó toda una flota y merece ser el rey.

Todos celebraron la elección del sabio rey, ya que preferían ser gobernados por un caballo antes que por un hombre violento y arrogante.

LA RATITA VANIDOSA

Había una vez una encantadora ratoncita llamada Pola que vivía en el pueblo.

Gracias a su dedicación, su hogar estaba siempre limpio y ordenado, y le gustaba adornarlo con plantas frescas y una margarita en su cabello para lucir coqueta.

Un día, mientras barría la puerta, encontró una moneda de oro brillante y se alegró mucho. Al ser vanidosa, decidió invertir esa moneda en un bonito accesorio y se dirigió a la mercería para comprar un lazo para su cola.

Con la cinta de seda elegida, se miró en el espejo y se sintió hermosa.

Más tarde, se sentó en el césped para lucir su nuevo adorno.

Pronto, un pájaro altivo pasó y le propuso matrimonio, pero al hacer ruidos con sus graznidos que perturbarían su sueño, Pola se asustó y rechazó la oferta.

Luego se acercó un gallo con buenos modales y otra propuesta de matrimonio, pero sus fuertes cantos mañaneros no permitirían a Pola dormir tranquila, así que también lo rechazó.

Después, un perrito atractivo se ofreció a casarse con ella, pero sus ladridos fuertes tampoco eran adecuados para el descanso nocturno, por lo que lo rechazó también.

Finalmente, un ratoncito que siempre había estado enamorado de Pola, pero que ella consideraba inferior a sus estándares, también le pidió matrimonio.

Despreciándolo por no ser grande y robusto, lo rechazó de manera grosera.

Más tarde, un lindo gato pasó por su jardín y, con halagos y promesas, le pidió matrimonio. Ante la posibilidad de ser tratada como una reina, Pola aceptó, sin embargo, preguntó qué haría por las noches.

El gato respondió que dormiría y cuidaría de ella, lo que la emocionó y aceptó casarse con él.

Cuando entraron a la casa y Pola preparaba el té, el gato reveló su verdadera intención y trató de comérsela.

La ratita gritó pidiendo ayuda y fue entonces cuando el ratoncito que realmente la amaba, y había sido despreciado, acudió en su rescate. Usando una escoba, ahuyentó al gato y salvó a Pola.

Pola se dio cuenta de su error al centrarse en las apariencias y confiar en la persona equivocada, despreciando al ratoncito que la amaba de verdad y la salvó.

Agradecida, decidió que podría ser un marido fantástico.

Organizaron una boda encantadora y fueron felices el resto de sus vidas.

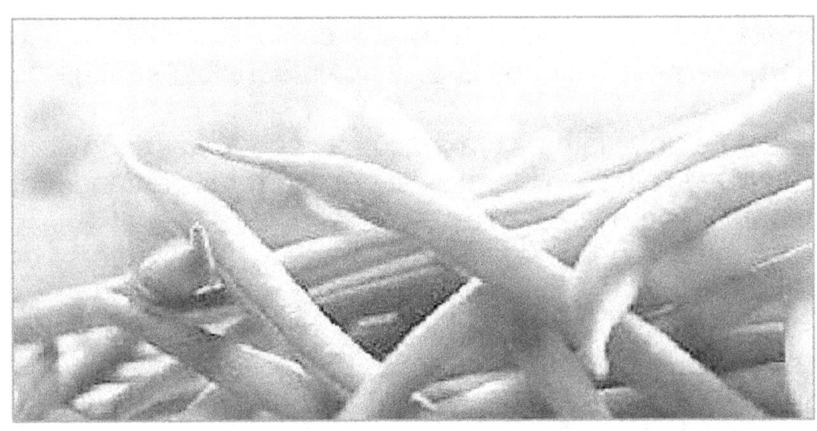

LAS JUDIAS INCREIBLES

Camilo residía con su madre, quien quedó viuda, en una cabaña dentro del bosque.

Ya no tenían muchos recursos para quedarse debido a que eran muy desfavorecidos.

A medida que la situación familiar se agravaba con el paso de los años, la madre decidió enviar a Camilo a la ciudad, para que allí intentara vender la mejor burra que tenían.

El joven se puso en marcha, ató al animal con una cuerda y se encontró con un hombre que llevaba una bolsa de judías.

El hombre le explicó que esos granos eran increíbles y se los regaló a cambio de la burra.

Camilo aceptó el intercambio y regresó muy contento a su casa con la bolsa de judías. Su mamá, molesta al ver la tontería del niño, comenzó a llorar. Luego, desencantada, tomó los granos y los arrojó al suelo.

Al día siguiente, mientras Camilo se levantaba, se sorprendió al ver que los granos habían crecido tanto durante la noche que una sección se perdió de vista.

Empezó a subir por la planta y, ascendiendo mucho, llegó a una ciudad desconocida. Entró en una fortaleza y vio a un enorme malvado que tenía un ave que ponía huevos de oro cada vez que él se lo ordenaba.

Camilo pensó que esa ave era la solución a todos los problemas que tenía su madre. Así que esperó hasta que el enorme se durmió y, tomando el ave, escapó con ella.

Llegó a la rama de judías, se dejaron caer, tocó el suelo y entró en la cabaña.

La madre estaba muy feliz. Durante mucho tiempo vivieron en paz gracias a la venta de los huevos de oro, hasta que murió el ave.

Camilo subió una vez más a la planta y regresó a la ciudad.

Escondido detrás de una cortina, pudo observar cómo el gigante contaba las monedas de oro que sacaba de una bolsa.

Tan pronto como el gigante se durmió, el niño salió a recoger las monedas de oro, corrió a la planta y luego a su casa.

Con las monedas de oro, tenían capital para vivir a largo plazo. Sin embargo, llegó una tarde en la que la bolsa de dinero quedó completamente vacía.

Camilo, nuevamente, trepó por las ramas de la planta hasta llegar a la cima.

Luego, notó que el ogro sostenía una caja mágica en un cajón que, cada vez que se levantaba la tapa, dejaba caer una moneda de oro.

Cuando el gigante salió de la habitación, el niño tomó la pequeña y asombrosa caja y la guardó para sí.

Desde su escondite, Camilo había observado cómo el gigante se tumbaba en un sofá mientras un arpa, ¡oh, maravilla!, tocaba una melodía sensible sin que ninguna mano pulsara sus cuerdas.

El gigante, ayudado por aquella melodía, poco a poco fue cayendo en un sueño profundo.

En cuanto lo vio así, Camilo agarró el arpa y echó a correr sin entender que estaba encantada y, cuando Camilo la tomó, comenzó a gritar:

– ¡Oiga, señor, despierte, puede que me estén robando! El gigante se despertó sobresaltado al oír los gritos acusatorios:

– ¡Señor, me están robando! Al darse cuenta de lo que estaba pasando, el grandulón salió en persecución de Camilo.

Los pasos del gigante resonaban a espaldas del niño, mientras éste trataba de alcanzar las ramas con el arpa.

Tenía prisa, pero cuando miró hacia arriba, vio que el gigante también descendía a través del arbusto. ¡No había tiempo que perder!

Entonces Camilo le gritó a su mamá, que se encontraba preparando la comida:

– Madre, llévame el hacha ahora mismo, ¡el gigante me persigue!

La mamá llegó con el hacha y Camilo, de un golpe certero, cortó el tronco de la rama de las judías increíbles.

Al caer, el gigante se estrelló, pagando así sus fechorías, y Camilo y su mamá vivieron felizmente con la cajita que, al abrirse, dejaba caer una moneda de oro.

LOS COCHINITOS

Érase una vez dos cochinitos que vivían afuera cerca de la zona boscosa.

A menudo se sentían inquietos porque un león malvado y peligroso solía pasar por allí y amenazaba con devorarlos.

Un día acordaron que lo más sensato sería que cada uno de ellos construyera una casa para estar más seguros.

El cochinito más pequeño, que se volvió muy holgazán, decidió que su hogar podría ser de paja.

Durante unas horas se dedicó a amontonar pajitas secas y muy rápidamente edificó su nuevo hogar. Satisfecho, se fue a jugar. – ¡Ya no le tengo temor al enorme y horrible león! – dijo a su hermano.

El mayor de los hermanos, sin embargo, se volvió realista y tenía muy buenas ideas. Quería construir una casa tranquila, pero ciertamente indestructible, así que fue a la ciudad, compró ladrillos y cemento y comenzó a erigir su nueva casa.

Día tras día, el cerdito trabajó duro para hacer viable la bonita casa. Su hermano menor no supo valorar por qué se tomó tantas molestias y comenzó a decir tonterías.

El cochinito mayor lo escuchó. – Bueno, mientras viene el león podremos ver quién ha sido el más responsable e inteligente de los dos – le advirtió.

Tomó muchas semanas y fue un trabajo arduo, pero realmente valió la pena el esfuerzo. Cuando la casa de ladrillo estuvo terminada, el mayor de los hermanos se sintió orgulloso y se sentó a contemplarla mientras tomaba una limonada. – ¡Qué excelente ha quedado mi casa! Ni siquiera un tifón podrá derribarla.

Todo parecía tranquilo hasta que una mañana, el más pequeño que se encontraba jugando en un charco de barro, notó que el temible león recorría los distintos árboles.

El pobre cochinito echó a correr y se refugió en su moderna residencia de paja. Cerró la puerta y exhaló un suspiro de consuelo.

Pero desde dentro escuchó al león gritar: – ¡Soplaré y derribaré la casa! Y justo cuando lo decía, empezó a soplar y la pequeña residencia de paja se vino abajo.

El cerdito, aterrado, corrió hacia la casa de su hermano mayor para refugiarse.

Su hermano le abrió y le permitió entrar, cerrando la puerta. – Calma, muchacho, estás mejor aquí.

Es posible que el león no pueda destruir mi casa.

Llegó el temible león y por mucho que soplara no lograba hacer saltar ni un solo ladrillo de las paredes. ¡Era una casa totalmente robusta! Aun así, el león no se rindió y buscó un hueco por el que querer entrar.

En la parte trasera de la residencia había un árbol centenario. El león trepó y de un salto aterrizó en el techo y de allí saltó a la chimenea.

Se deslizó por ella para entrar a la casa, pero cayó sobre una gran olla de caldo que se calentaba en la chimenea.

La quemadura fue tan grave que soltó un aullido desgarrador y fue arrojado de regreso al techo. Con el rabo enrojecido, huyó para no volver jamás. – ¿Viste lo que pasó? – regañó el cochinito mayor a su hermano – ¡Has escapado por poco de caer en las garras del león!

Eso te pasa por perezoso e inconsciente. Debes reflexionar sobre las cosas antes de realizarlas.

Primero está la responsabilidad y luego la risa. Ojalá hayas aprendido tu lección. ¡Y por supuesto la aprendió!

A partir de ese día se volvió extra responsable, construyó una casa de ladrillo y cemento como la de su inteligente hermano mayor y vivieron agradecidos y en paz para siempre.

LA GRAN CARRERA

Finalmente había llegado el gran día. ¡Todos los animales del bosque se despertaron temprano porque llegó el día de la gran carrera!

A las nueve ya todos estaban reunidos junto al lago. Allí estaba también la jirafa, la más alta y hermosa del bosque.

Pero se volvió tan arrogante que no quiso ser amiga de otros animales. La jirafa empezó a burlarse de sus amigos.

Ja, ja, se rio de la tortuga que era tan lenta.

Jo, jo, se puso a carcajearse ante el rinoceronte que estaba tan corpulento.

Je, je, se rio del elefante por su larga trompa. Y entonces llegó el momento de empezar.

El zorro llevaba calzado a rayas verdes. Las cebras, azules con lazos. El mono llevaba zapatos blancos. La tortuga calzó zapatillas rojas.

Y cuando estaban a punto de iniciar la carrera, la jirafa comenzó a llorar desesperadamente.

¡Ahhh, ayúdame! - gritó la jirafa. Y todos los animales la miraron fijamente.

Te burlaste de los otros animales porque han sido exclusivos.

Está bien, todos somos únicos, pero todos tenemos algo bueno y todos podemos ser amigos para ayudarnos mutuamente cuando lo necesitemos.

Luego la jirafa se disculpó con todos por reírse de ellos. Y llegaron las hormigas, trepando rápidamente por sus zapatillas para atarle los cordones.

Y tarde o temprano todos los animales se situaron en la línea de partida.

Cuando terminó la carrera, todos celebramos porque habían recibido un nuevo amigo que también había descubierto lo que significaba la amistad.

Es por eso, que, si necesitas tener muchos amigos, acéptalos como son.

LA RANITA LOLITA

La ranita Lolita era una ranita como todas las demás.

Tenía la piel llena de pequeños círculos muy similares a los cráteres de la luna, pero mucho más pequeños y de color verdoso-marrón, ojos prominentes y una lengua larga que extendía para atrapar insectos.

Vivía de manera muy casual en una laguna a las afueras de la ciudad.

Un día, una familia que paseaba por allí la vio y pensó que estaba tan bien que decidieron llevarla al césped de su casa.

La ranita Lolita de pronto se encontró en una pequeña lata con un poco de agua, la cual empezó a moverse al ritmo de quién sabe qué. Y aunque no tenía la menor idea de cuál sería su destino, se preocupó un poco.

Cuando la propia familia llegó a casa, la dejaron dentro del césped, que a partir de ese momento resultaría ser su hogar.

Sus ojos prominentes miraron esta nueva zona: ya no era antiestética, al contrario, estaba llena de flores, plantas, unas cuantas bancas de madera, una hamaca y una piscina que Lolita confundió con una laguna que le parecía un poco atípica.

La ranita no era la única habitante de ese jardín, había caracoles, insectos, gusanos, lombrices, un conejo y cachorros.

Estaban además los pajaritos que hacían nidos en los árboles, y curiosas mariposas que iban de aquí para allá.

Los ojos de Lolita parecían aún más saltones de lo normal, todo sobre ella la sorprendía, todo sobre ella le parecía bonito, a pesar de ser desconocido para ella. Miraba las cosas con los ojos del corazón, de un corazón grande y sencillo.

Ella comenzó a saltar, feliz con la vida que tenía, preparada para explorar cada rincón del jardín y hacer nuevos amigos.

Lo que Lolita no sabía era que sus compañeros de clase ya no la podían recibir bien. Ninguno de los animalitos que allí vivían había visto alguna vez una ranita en su vida, por lo que no sabían realmente de qué animal se trataba y menos cómo era Lolita en su interior, más allá de su apariencia física.

A muchos no les importaba. Todas y cada uno tenían algo que decir sobre nuestro pequeño amigo.

Convengamos que la ranita no estaba muy tranquila, pero en realidad, ¿qué importaba?

Está llena de verrugas. ¡Qué asco! - dijo el caracol, quien nunca terminaba una frase.

Quiere imitarme todo el tiempo a modo de saltar y saltar, pero es posible que no pueda saltar tanto como yo. ¿Viste sus patitas? "Parecen como unos palitos, comentó el conejo.

¿Y el color de su piel? Yo digo, ¿no está medio podrido? -. Dijo una pequeña mariposa que pasó volando.

No solo ningún animal en el césped le dio la bienvenida, sino que en lugar de preocuparse por conocer a Lolita y ver si serían amigos, se encargaron de criticar no solo su apariencia, sino todo lo que hizo.

¡Es una burlona! -, dijo un gusanito - ¿Se dieron cuenta cómo a cada rato nos saca la lengua? ¡Tienes razón!

Se burla de todos nosotros, simplemente saca esa lengua suya larga y delgada, ¿qué opinan? - Añadió el conejo. "Yo digo lo mismo", dijo el caracol, cuyas frases no han sido muy largas, de lo contrario tardaría demasiado en mencionarlas.

¿Y los ojos? ¡Parecen pequeñas pelotas! Para mí, los tiene hasta afuera para poder conocernos bien y reírse de nosotros.

Algún día se le van a caer - comentó un gusano.

Bueno, si hace reír a la gente, fingiremos que no existe - afirmó una pequeña mariposa.

La verdad es que Lolita se sacaba la lengua todo el tiempo para alimentarse de insectos, como hacen todas las ranas hechas y derechas y ya no para hacer gracia a todo el mundo. Ella tampoco tenía ojos saltones para conocer a los demás, sino porque todas las ranitas los tienen.

Lo que pasa es que nadie se tomó la molestia de preguntarle, para llegar a conocerla bien y así poder entender cómo era en la realidad la ranita Lolita.

Después de un rato, Lolita comenzó a sentirse muy sola. Intentó hablar con sus amigos, pero nadie le prestó atención.

La ranita Lolita deseaba volver a su estanque, pero por mucho que saltara, sabía que no podía llegar allí, ni salir del jardín.

Al darse cuenta de que ya no era bienvenida, Lolita se metió directamente en un agujero en la hierba y trató de salir de allí lo menos posible para no molestarlos a todos.

Llegó el verano y con él una invasión de mosquitos nunca antes vista dentro del césped de la casa.

Todos los animales sentían picazón, intentaban esconderse debajo de una piedra, los perros en sus casas, el conejo en una caja en la que dormía, pero aun así los mosquitos avanzaban sin detenerse.

¡Esto nos va a matar! -dijo el caracol dentro de su caparazón.

¡Ni siquiera puedo evitarlos saltando! - se quejó el conejo.

Gracias a Dios puedo esconderme debajo de las piedras - comentó el gusanito- sin embargo, tarde o temprano tendré que salir y buscar comida.

Todos en el jardín se pusieron muy nerviosos y desilusionados. La única persona que estaba satisfecha era Lolita, ella nunca había tenido mucha comida a mano y también se volvió hambrienta durante todo el tiempo que estuvo en el hoyo.

Lista para comer, la Lolita saltó al césped y comenzó a caminar alrededor de él, persiguiendo cada mosquito que se cruzaba en su camino.

Con su larga lengua, que tantos problemas le había añadido, agarró todos y cada uno de los bichos que habían invadido el césped.

Después de un tiempo, los otros animales comenzaron a ver el resultado de la gran comida de la ranita, no solo porque la ranita ahora tenía un estómago que parecía un globo, sino porque casi no quedaban mosquitos por ahí.

¡Nos salvó, nos salvó la gorda! Dijo el caracol, quien seguramente deseaba gritar de placer, pero no podía hacer mucho.

¿Qué quieres que te diga? ¡Saltar de alegría! ¡Finalmente nos deshicimos de esos bichos! - añadió el conejo.

Fue entonces cuando intervino uno de los cachorros de la casa, que hasta entonces no se había involucrado demasiado dentro del grupo.

Yo diría que hay que ir a agradecerle ¿no les parece amigos?

¿La gorda llena de verrugas, con un color medio podrido y que además hacía gracia a la gente todo el tiempo? ¡Ni loco! - Gritó el gusanito.

El cachorro se enojó por la forma de pensar de sus amigos.

¿Vamos chicos? - preguntó el caracol tembloroso, que se había asustado mucho ante la idea de que regresaran los estresantes mosquitos.

Y ahí se fueron todos, no muy convencidos.

En una larga fila, los infantes primero y los mayores después, con el cachorro incluido, fueron a agradecer a Lolita.

Honestamente iba a empezar a hablar con el caracol, pero fue hasta más tarde que el conejo tomó la palabra.

Mire señora, la verdad es que queremos agradecerle.

Lolita no sabía por qué le agradecieron, sin embargo, solo de ver que cada una de sus amigos se acercaba a hablar con ella le hizo sonreír. "Lo siento, no lo entiendo", afirmó Lolita con humildad.

Nos quitaste esos molestos bichos, lo que no sabemos es por qué desde que llegaste probablemente no hiciste más que burlarte de nosotros y luego definitivamente nos ayudas con los mosquitos.

¿Burlarme yo? ¿De quién? ¿Por qué lo habría hecho?

Lolita entendió incluso menos que sus amigas.

La verdad es que en ese jardín todo se convirtió en un malentendido. Eso sucede cuando la gente no habla y entonces no se conocen.

Vamos, confiesa, sacando esa lengua, sacando la lengua todo el día, ¿sospechas que no la vimos? No solo nos sacaba la lengua todo el tiempo, sino que para que poder vernos mejor, sacaba esos ojos que tiene por fuera.

Lamento decepcionarlos, amigos, pero no me reí de nadie.

Mi nombre es Lolita, tengo los ojos saltones desde el principio y saco la lengua para buscar bichos.

Si alguno de vosotros se hubiera levantado para hablarme o dejarme acercarme, quizá nos hubiéramos conocido y sabrían perfectamente cómo es una ranita.

¿Una qué? - preguntó el caracol que ya empezaba a sentirse avergonzado.

Una ranita señores, soy una ranita con ojos saltones como varios de mi especie y con una lengua larga que uso más bien para alimentarme y no para burlarme de todos.

Muy herida, Lolita se fue a su pequeño hueco, aunque ahora le resulta más difícil entrar porque engordó mucho con todos los mosquitos que se había comido.

Todos los animales permanecieron en silencio. Sabían que habían actuado mal. También sabían que si se hubieran ofrecido a Lolita el día que llegó, nunca hubieran pensado que ella se estaba burlando de todos y cada uno.

Podría haber estado tan claro, pero no lo lograron.

Ahora, ante el sufrimiento de Lolita, descubrieron el perjuicio que le habían causado.

Sin requerir pronunciar una palabra, uno tras otro, todos nuevamente en hilera, se aproximaron a la guarida de la ranita.

No fue necesario ponerse de acuerdo, ya que todos deseaban hacer lo mismo.

Señora Lolita, se nos olvidó algo - afirmó el conejo con voz ligeramente insegura.

Pedir disculpas - pronunció el caracol.

Con esta última expresión, simple, pero de gran significado, Lolita salió de su agujero preparada para otorgar a sus conocidos una nueva oportunidad.

Después de un lapso, los propietarios de la casa llevaron una lagartija.

Los animalitos del jardín volvieron a observar un espécimen que nunca habían visto. Pero esta vez actuaron de manera diferente.

Y de nuevo, todos en fila, al igual que Lolita, se acercaron al recién llegado, pero esta vez para presentarse y darle la bienvenida.

EL AGUILA

Cuenta la historia que hace muchos, muchos años, un niño se levantó muy temprano una mañana para ir a cazar.

Caminó con rapidez hacia las montañas y mientras se acercaba a su destino, observó cómo en la cima de una de ellas, una gran águila descendía del cielo y se posaba en su nido.

Lo que más captó su atención fue que el águila llevaba un animal, rígido como un palo, firmemente sujeto en su pico.

La reina de los pájaros, creyendo que el animal estaba fallecido, lo dejó caer junto a su pequeño hijo y emprendió vuelo en busca de más.

¡Qué equivocada estaba! En cuanto se alejó, el animal se desenrolló, abrió la boca y mostró sus afilados y venenosos colmillos al indefenso polluelo.

El pobre no tenía escapatoria y lo miraba aterrado.

Por suerte, el cazador observó todo y mientras se disponía a hundirle los dientes, agarró su arco, afinó su puntería y disparó una flecha letal al peligroso animal, que permaneció quieto para siempre.

Luego corrió en dirección al nido, preocupado porque el aguilucho había sufrido algunos daños. ¡Cuán satisfecho quedó al ver que estaba sano y salvo!

Con mucha precaución, lo tomó suavemente en sus brazos y, acariciando sus plumas, se alejó de la región.

Después de un tiempo, el águila volvió y descubrió con horror que su descendencia ya no estaba allí.

Desesperada, sobrevoló la zona a toda velocidad y se fijó en un joven que la llevaba camino al pueblo.

Enojada, ella se abalanzó y se interpuso en su camino. – ¡Eh, tú, ladrón! ¿A dónde vas con mi polluelo? – ¡Me lo llevo a casa!

El animal que cazaste no estaba fallecido y casi se lo come de un bocado ¡Quiero ponerlo a salvo!

El águila se puso triste y sus ojos se llenaron de lágrimas. ¿Me estás diciendo que soy una mala madre?

¡De ninguna manera! Considero que eres una madre increíble y cariñosa como todas las demás, pero debes darte cuenta de que has cometido un error totalmente grave.

¡Lo entiendo y lo siento mucho! Siempre soy consciente de poner a la defensiva a mi pequeño porque lo amo más que a mí misma. Juro que pensé que el animal había fallecido y no representaba ninguna amenaza.

Ya, pero... – Sin duda se convirtió en un descuido y ya no volverá a aparecer. Devuélvemelo, por favor, y te recompensaré. – ¿Ah, ¿sí? ¿Y cómo lo harás? – ¡Podría ser generosa contigo! Voy a ofrecerte las dos cualidades más valiosas que poseo.

¿Dos cualidades? Ya no sé lo que sugieres. - ¡Sí! A partir de ahora tendrás una visión tan aguda como la mía y tanta fuerza como estas alas.

No, te vencerán y te aseguro que llegará una tarde en la que te llamarán águila como a mí. El cazador agradeció la recompensa y, efectivamente, el águila parecía desconsolada y casi arrepentida.

En lo más profundo de su corazón sentía que debía darle cualquier otra oportunidad porque, después de todo, en esta existencia todos cometemos errores de vez en cuando.

Sin preguntar más, levantó sus dedos callosos y le pasó el polluelo a su amada madre. Varias primaveras pasaron y la promesa del águila se cumplió.

El tiempo también pasó para el pequeño aguilucho, que de ningún modo olvidó quién le había salvado la vida cuando era pequeño.

Como era de esperar, creció mucho y cuando se convirtió en un águila enorme y hermosa, decidió nunca separarse de su amigo el cazador.

Siempre a su lado, lo protegía día y noche desde lo alto como un perro protector que vigila a su amo a todas horas.

La fama del cazador y su pájaro protector llegó a ser tan increíble que todo el pueblo empezó a llamarlo "el hijo del águila".

LOS BORREGOS TOZUDOS

Vivía en una isla un muchacho que trabajaba como pastor.

Cada día salía a la esfera con su rebaño de borregos para que pastaran y se movieran libremente por los montes.

Al atardecer, el muchacho silbaba y todos los animales se acercaban a él para regresar a la finca formando un grupo.

En cierta ocasión, ya avanzado el día y con la luna asomándose entre las nubes, el pastor los llamó como era habitual, pero ocurrió algo inusual: a pesar de sus silbidos y gestos con los dedos, los borregos no respondieron.

Sin comprender nada, empezó a gritar desesperadamente: "¡Vamos, vamos, acá, tenemos que movernos ya!" Pero los borregos parecían indiferentes.

El muchacho, angustiado, se sentó en una roca y comenzó a llorar.

Después de un rato, un simpático conejo se detuvo frente a él y le preguntó: "¿Por qué lloras, amigo?"

El muchacho respondió: "Lloro porque los borregos no me hacen caso y si no regreso pronto, mi padre me castigará."

El conejo ofreció ayuda y dijo: "Tranquilo, ¡te ayudaré! ¡Verás cómo los hago caminar!"

El conejo intentó llamar la atención de los borregos saltando y gruñendo, pero ellos continuaron pastando sin inmutarse.

Desanimado, se sentó junto al pastor en la roca y también comenzó a llorar.

En ese instante pasó un zorro y al ver la escena, se atrevió a preguntar: "¿Por qué lloras, conejito?"

El conejo explicó: "Lloro porque el pastor llora ya que los borregos no lo escuchan y si no regresa pronto, su padre lo castigará." El zorro se ofreció a ayudar y dijo: "No te preocupes, ¡intentaré algo!"

El zorro se acercó a los borregos con un gesto serio y emitió unos aullidos espeluznantes, pero los animales no se inmutaron.

El zorro, desanimado, se sentó y también comenzó a gemir.

Después, emergió un lobo de la maleza y al ver la escena, se sorprendió. Decidió preguntar: "Perdón por la intromisión, zorro, pero ¿por qué lloras?"

El zorro explicó: "Lloro porque el conejo llora, debido a que el pastor está afligido por la falta de respuesta de los borregos, y teme el castigo de su padre."

El lobo se ofreció a ayudar y dijo: "Bueno, intentaré hacer algo."

El lobo intentó asustar a los borregos mostrando sus colmillos, pero no tuvo éxito.

Los animales blancos y pacíficos no se movieron ni un centímetro.

Desconcertado, hizo un agujero en la roca y comenzó a gemir como un cachorro.

Una pequeña abeja que volaba cerca quedó muy sorprendida al ver a este peculiar grupo de animales llorando.

Se acercó y, sin aterrizar, preguntó al lobo: "¿Por qué lloras, lobo?"

El lobo explicó: "Lloro porque el zorro llora por la falta de respuesta de los borregos, por el pastor afligido y por el posible castigo de su padre."

La abeja se ofreció a ayudar y dijo: "Les mostraré cómo moverse."

Por primera vez, todos dejaron de llorar y, al unísono, se rieron.

El pastor, entre risas, dijo: "¿Tú, tan pequeña? ¡Qué divertido! Si nosotros no lo hemos logrado, tú no tienes oportunidad."

La pequeña abeja se sintió herida, pero no se rindió. Sin perder tiempo, se acercó al rebaño y comenzó a zumbar sobre él.

Los borregos, que tenían una buena audición, se sintieron molestos y dejaron de comer para taparse los oídos.

Entonces, la abeja realizó la segunda parte del plan: sacó su afilado aguijón trasero y lo clavó en el rabo del borrego más viejo, el líder del grupo.

Al sentir el pinchazo, el borrego corrió rápidamente, y todos los demás lo siguieron.

El pastor, el conejo, el zorro y el lobo observaron sorprendidos cómo, uno tras otro, cruzaban la valla y se reagrupaban.

Finalmente, se disculparon con la abeja por haberse burlado de ella y agradecieron su ayuda.

La abeja sonrió, guiñó un ojo y regresó zumbando por donde había venido.

Y así termina esta pequeña historia que nos enseña que lo principal no es ser fuerte o robusto, sino tener confianza en uno mismo para resolver problemas y situaciones difíciles. Con determinación y pensamiento estratégico, ¡casi todo es posible!

DE COMO EL COLOR DE LA PIEL DEL CIERVO

Se narra que hace años, un gran número de ciervos corría libremente por la selva.

A pesar de la mejora de la zona, debido a su clima excelente y la abundante comida, existía un motivo de tristeza y precaución para estos animales: su propia piel, de tonalidades claras y relucientes, que podía divisarse a largas distancias y los convertía en presas fáciles.

Un día, un ciervo joven se detuvo a beber agua dulce de un manantial.

De repente, un conjunto de cazadores comenzó a disparar flechas desde una colina cercana.

Aunque ninguno alcanzó su objetivo, el ciervo, aterrado, huyó precipitadamente. Corrió sin rumbo y, cuando creyó que los cazadores lo tenían demasiado cerca, el suelo cedió bajo sus patas y cayó en un agujero.

Al llegar al nivel más bajo, se sintió desorientado y notó que había terminado en una cueva oculta entre la vegetación.

Desde aquel lugar oscuro y húmedo, escuchaba las voces de los cazadores que merodeaban cerca, por lo que procuró no moverse ni hacer ruido.

Después de un tiempo, los murmullos se fueron debilitando y suspiró aliviado. Los hombres creyeron que su presa había escapado y desistieron en su búsqueda.

Se calmó, pero una de sus patas le dolía intensamente. – '¡Ay!... ¡Ay!... ¡Qué inoportuno! ... ¿Qué voy a hacer ahora si no puedo levantarme para salir de este agujero?'

El ciervo no se percató de que estaba en el hogar de tres espíritus compasivos que, al escuchar sus gemidos, acudieron rápidamente en su ayuda.

El más anciano lo saludó cordialmente en nombre de todos.

¡Buen día! Veo que por casualidad has descubierto nuestra modesta morada. ¡Sé bienvenido!

El ciervo se sintió algo abrumado. – Pido disculpas por la intromisión, pero escapaba de unos cazadores y al pasar a través de unos arbustos observé el suelo blando y... ¡Bang!... ¡Aparecí aquí! ¡Me deshice de ellos, pero estoy herido! – A ver, ¿dónde te duele? – ¡Oh, aquí mismo, en la pierna izquierda, al lado del casco!

¡No te preocupes! Sigues vivo y podemos encargarnos de ello.

Con esmero y dedicación, los tres seres untaron la pata fracturada con un bálsamo a base de plantas, idóneo para prevenir infecciones y mitigar el dolor.

Posteriormente, lo ayudaron a reposar en un cómodo lecho y le brindaron alimento para recuperar sus fuerzas.

Tan reconfortado se sentía que se quedó profundamente dormido.

El ciervo recibió cuidados y atención durante toda una semana hasta que sanó por completo. Una vez se restableció y pudo caminar sin dificultad, decidió que era hora de regresar a su manada. – Amigos, debo marcharme. ¡Nunca los olvidaré! ¡Mil gracias!

Una vez más, el anciano fue el único en expresarse.

¡Fue un placer! Nosotros también te tendremos en nuestros corazones y esperamos que vuelvas a visitarnos.

Por cierto, antes de irte, queremos obsequiarte algo, ¡porque así somos! Dinos... ¿Cuál es tu mayor deseo, ¿qué deseas con mayor fervor?

El ciervo guardó silencio durante unos instantes, reflexionando para encontrar algo realmente útil. – En verdad, no deseo algo material, pero reconozco que el color de mi piel me preocupa.

Aunque es hermoso, es demasiado claro y visible, haciéndome blanco fácil para los cazadores, como pudieron ver ustedes mismos.

Me gustaría pasear por el bosque y llevar una vida tranquila y cómoda.

El genio mayor asintió y aplaudió.

¡Excelente elección! Eres muy práctico. ¡Ven con nosotros!

Los cuatro salieron de la cueva y la luz del día los deslumbró.

Qué maravilloso sentir, después de tanto tiempo, el calor y la suave brisa de la primavera. El ciervo inhaló profundamente para llenarse del aroma de las flores y, en pleno asombro, escuchó la voz de uno de los genios. – Recuéstate, resolveremos tu problema de inmediato.

El animal se tumbó sobre la fresca hierba verde y los genios aplicaron tierra oscura sobre su pelaje con destreza.

Cuando completaron el proceso, pidieron al sol que calentara un poco más. Los rayos solares incineraron lentamente la sensible piel del animal.

El tercer genio confirmó que el procedimiento había terminado. – ¡Ya puedes levantarte!

El ciervo observó, fascinado, cómo su color perla se transformó en un elegante tono marrón tostado.

El genio mayor, quien era el más elocuente, le explicó sobre su nueva apariencia. – A partir de ahora, tú y tus compañeros podrán tener un color de piel mucho más parecido al terreno por el que deambulan, facilitando el camuflaje y evitando ser avistados por los enemigos. Dime, ¿estás satisfecho con el resultado?

– ¡Oh, por supuesto! ¡Me encanta! Esto podría ser un seguro de vida para todos de mi especie... ¡Es maravilloso! ¡Los aprecio mucho!

Para demostrar su gratitud, el ciervo lamió los rostros de los genios y los abrazó con fuerza. Sin mirar atrás para ocultar su emoción, emprendió el camino de regreso a casa, a través de la vasta llanura.

Se dice que, desde aquel día, los ciervos vivieron mucho más tranquilos en las maravillosas tierras de la selva.

EL SAPITO CROAR

Hace mucho tiempo, en una parte de la jungla, habitaba un sapo diferente de los demás sapos del mundo.

Tenía una particularidad: si alguien lo molestaba o se burlaba de él, podía transformarse en un tigre y atacar. Sin piedad.

Solo algunos ancianos afirmaban haberlo visto cuando eran niños, por lo que, para los indígenas de los pueblos cercanos, el animal parecía una leyenda que se ocultaba en la selva.

Croar – Croar era lo que repetía constantemente, por lo que el nombre del sapo se apoderó de él.

Cuenta la historia que un joven de la tribu llamado Dan deseaba salir a cazar una noche. – Su esposa le dijo. Ten cuidado y, por favor, si encuentras al sapo Croar, ni siquiera te atrevas a burlarte de él. – ¡Bah, tonterías! Estoy seguro de que lo de convertirse en tigre es una invención, ¡pero no te preocupes! Si me encuentro con él, no diré nada y lo dejaré en paz.

Dan dijo esto mientras mostraba una sonrisa traviesa que a su esposa no le gustó demasiado. – Dan, insisto en que no seas irresponsable.

El joven le guiñó un ojo y le dio un fuerte beso en la mejilla.

Bajo la luz de la Luna, el joven vagaba por la jungla tropical, abriendo paso entre la exuberante vegetación con un machete afilado y observando atentamente en busca de presas.

Desafortunadamente, lo único que vio fue una serpiente y un par de ratoncillos paseando. – No hay nada aquí que pueda cazar... ¡Qué pérdida de tiempo! Desanimado, llegó a un claro y se acostó en el suelo para descansar.

Sus músculos le dolían, pero sobre todo se aburría de dar vueltas sin obtener resultados. – Si vuelvo a casa con las manos vacías, mañana tendré fruta para desayunar, fruta para el almuerzo y fruta para la cena.

De repente, se le ocurrió una idea divertida y sin reparos, comenzó a llamar a Croar. Estaba convencido de que, aunque el sapo cantaba de manera inusual, no tenía ningún poder y, por lo tanto, no había razón para temerle.

Sin embargo, Croar estaba allí, agazapado en lo alto de un árbol.

Había escuchado cada una de las burlas, y llegó un momento en que se sintió tan alterado, tan irritado, que se transformó y ocurrió lo inevitable: su cuerpo, pequeño como una naranja, empezó a cambiar hasta adoptar la forma de un tigre.

Dan, ajeno a todo, siguió llamando al anfibio y burlándose de él.

Croar, antes un simple sapo y ahora un gran felino, ya no pudo contenerse y soltó un rugido que retumbó en toda la selva.

Acto seguido, saltó desde lo alto, abrió sus fauces enormes y devoró al cazador sin miramientos.

Mientras esto sucedía, la esposa de Dan aguardaba en casa, notando que la noche transcurría lentamente.

Estuvo horas esperando en la puerta el regreso de su marido, pero al ver que no volvía, se preocupó mucho. – 'Es extraño que Dan no haya regresado, ¿qué le habrá pasado?

Él conoce la selva y es el más astuto de la tribu.' Sin demora, salió corriendo de la cabaña. Afortunadamente, no había llovido y pudo seguir las huellas que Dan había dejado tras él.

Todo iba bien hasta que llegó a un claro dentro de la selva.

En ese lugar, de alguna manera inexplicable, las huellas desaparecieron por completo, como si Dan hubiera desaparecido repentinamente.

La muchacha se sintió desdichada y comenzó a llamar a Dan en voz alta. – ¿Dónde estás, mi amor? ¿Debo ir al norte? ¿O tal vez al sur? ¡No sé por dónde buscarte!

En ese momento, escuchó un extraño ruido que provenía desde arriba.

Se levantó y, sobre una densa sección de árboles, vio a un sapo gigantesco, dormido boca abajo y tan hinchado que parecía a punto de explotar. – 'Ese tiene que ser Croar.'

Efectivamente, el sapo se transformó en Croar, quien, tras devorar a Dan, había recuperado su forma original, pero manteniendo unas dimensiones colosales.

La valiente muchacha tomó el hacha que llevaba en su cinturón y empezó a cortar el árbol. Croar, medio sordo, ni siquiera notó su presencia y continuó respirando ruidosamente como si nada pasara.

Después de mucho esfuerzo, el árbol cayó y Croar se desplomó al suelo. La caída fue tan brusca que, instintivamente, abrió la boca y Dan, el cazador, salió disparado como una bala de cañón.

Pero eso no fue todo.

Cuando quedó vacío, el imponente sapo comenzó a encogerse y, en un abrir y cerrar de ojos, recuperó su pequeña forma normal.

Luego del cambio, experimentó un gran dolor, pero temiendo posibles represalias, sacó fuerzas de flaqueza, saltó y desapareció entre el follaje verde.

Dan, afortunadamente, seguía vivo.

Su esposa lo había salvado y él no podía dejar de abrazarla. – Si aún estoy aquí, es gracias a ti, por tu valentía.

Lamento mi comportamiento y por no haber cumplido mi promesa. ¡Por favor, perdóname!

– Lo importante es respetar a todos, ya sean personas o animales.

Dan cumplió su palabra y mostró amabilidad hacia todos durante el resto de su vida, aunque tuvo que soportar el dolor de no poder expresar su arrepentimiento a Croar, ya que nunca se volvieron a encontrar.

DANILO Y EL LEON

Había una vez un joven pastor llamado Danilo que pasaba el día con sus ovejas.

Todas las mañanas, muy temprano, las llevaba a pastar y correr por el campo. Mientras los animales se divertían pastando, Danilo se sentaba en una piedra y los observaba atentamente para que ninguno se extraviara.

Un día, justo antes de la puesta del sol, se aburrió mucho y se le ocurrió una idea para divertirse un poco: gastarles una broma a sus vecinos.

Subió a un pequeño montículo que estaba a unos metros de donde estaba el ganado y comenzó a gritar: ¡Viene el león! ¡El león se acerca, por favor ayuden!

La gente del pueblo se sobresaltó al escuchar esos gritos alarmantes y corrió hacia el lugar de Danilo.

Cuando lo alcanzaron, descubrieron que el niño se reía a carcajadas. ¡Incluso os he engañado a todos! ¡No hay ningún león!

Los aldeanos enojados dieron media vuelta y regresaron al pueblo.

Al día siguiente, Danilo regresa con sus ovejas al campo.

Empezó a aburrirse sin nada que hacer más que mirar el pasto y las nubes. ¡Cuánto se estaban haciendo largos los tiempos!...

Decidió que sería divertido repetir la historia cómica de la tarde anterior. Subió la misma colina y mientras estaba en la cima, comenzó a gritar: ¡Necesito ayuda! ¡De hecho he visto un león grande que asusta a mis ovejas!

Danilo gritó mucho para que su voz se oyera en todo el valle.

Un grupo de compañeros se reunió en la plaza y rápidamente se preparó para acudir al llamado del joven.

Se presentaron juntos y ahora vieron al pastor, pero el león no estaba en ninguna parte por descubrir.

Mientras se acercaban, sorprendieron al joven riéndose a carcajadas. ¡Me estoy partiendo de risa! ¡Os he vuelto a engañar, tontos! ¡Jajaja!

Los hombres, claramente indignados, regresaron a sus casas.

No entendían cómo alguien podía querer gastar bromas tan horribles y de tan mal gusto.

El horario de verano llegaba a su fin y Danilo perseveraba, diariamente, acompañando a sus ovejas al campo.

Los días transcurrían lentamente y tenía que entretenerse con algo más que oír balidos.

Una tarde, entre bostezos, escuchó un rugido detrás de los árboles. Se frotó los ojos y notó que un león sigiloso se acercaba a sus animales.

Aterrado, corrió hacia la cima del cerro y comenzó a gritar como un loco: ¡Ayuda! ¡Ayuda! ¡Ha llegado el león!

Como siempre, los aldeanos escucharon los gritos de Danilo, pero creyendo que se trataba de una mentira más del niño, continuaron con sus trabajos y ya no le prestaron ningún interés.

Danilo siguió con los gritos desesperados, pero nadie acudió en su ayuda.

El león se comió dos de sus ovejas sin que él pudiera hacer nada para evitarlo.

Y así fue como Danilo se dio cuenta del error que había cometido al burlarse de sus compañeros.

Comprendió la realidad y no volvió a decir mentiras ni a burlarse de los demás.

LAS AGUILAS

Érase una vez un monarca que residía muy lejos.

Se hizo ampliamente reconocido durante el reinado por ser un increíble amante de los animales, por lo que, en una ocasión, recibió un obsequio por su cumpleaños que lo llenó de felicidad.

Eran pichones de águilas.

El rey estaba emocionado. Eran encantadoras y parecían motas de algodón. – Le dijo a su familia mientras las acariciaba – ¡Las voy a convertir en expertas cazadoras! Llamó al maestro más experimentado.

Su tarea consistió en cuidar y adiestrar a las águilas del rey desde su nacimiento. El monarca confiaba plenamente en su labor, considerando que no había nadie que supiera más sobre aves que él en muchos kilómetros a la redonda.

Acaban de obsequiarme estas águilas. Sé que puedes tratar con ellas y educarlas con esmero – afirmó el rey con una sonrisa – Llévalas y mantenme informado de su desarrollo. – Eso lo lograré, majestad – respondió el profesional despidiéndose con una reverencia. Después de un tiempo, el maestro solicitó audiencia al rey y éste lo recibió sentado en su trono de oro y terciopelo.

Su Majestad, en realidad tengo algo muy importante que decirle. Verás... estuve cuidando de tus nuevas águilas durante semanas y procurando que aprendieran el arte de volar.

Cada una de ellas ha crecido y es hermosa, pero sucede algo muy extraño.

Una de ellas vuela con destreza y tremenda velocidad, pero la otra ya no se ha movido de una rama desde aquel primer día.

¿Y a qué cree que se debe ese comportamiento atípico? – le preguntó el rey, poniendo una expresión de asombro. – No lo sé, señor... Nunca había visto a un águila comportarse así. – Está bien, podemos convocar a los mejores sanadores del país para que realicen una investigación y nos den recomendaciones – dijo el monarca.

Así fue. Hasta nueve sanadores pasaron por palacio para observar al animal, pero ninguno encontró una causa razonable que explicara por qué el ave se negaba a bajar del árbol. Entonces el rey tomó la decisión de ofrecer una generosa recompensa a la persona que lograra hacer volar su águila.

Al día siguiente, un rayo de sol entró en el aposento del rey mientras éste dormía plácidamente en su enorme cama.

La luz le dio en el rostro y lo despertó. Con los ojos todavía medio cerrados, miró por la ventana como todos los días para ver el amanecer.

En el horizonte vio la imagen de un pájaro que se aproximaba, batiendo sus alas y terminando aterrizando en el alféizar de la ventana junto a él.

¡La nerviosa águila había volado y lo miraba con sus ojitos curiosos! ¡Qué alegría! Descalzo y en pijama corrió hacia la puerta del palacio.

Salió y observó al maestro conversando con un joven campesino que se cubría el sombrero contra el pecho.

El rey lo miró fijamente. – ¿Has sido tú quien completó el milagro? El campesino se puso colorado como un tomate y respondió tímidamente. – Sí, señor – dijo bajando la cabeza. - ¡Fantástico! ¿Cómo lo hiciste? ¿Acaso tienes facultades mágicas? No, majestad, nada por el estilo.

Acabo de cortar la rama y el águila no tuvo más remedio que abrir sus alas y volar.

El rey comprendió que la preocupación por lo desconocido muchas veces nos paraliza, nos hace aferrarnos a lo que ya tenemos, a lo que no olvidamos con certeza, y eso nos impide volar desatados.

Ahora vio realmente que, al igual que el águila asustada, todos somos capaces de realizar más cosas de las que creemos y que es cuestión de tener confianza en nosotros mismos. El rey respiró hondo y agradeció al campesino por su importante ayuda.

Le entregó una generosa recompensa y lo invitó a sentarse con él en el césped, para contemplar el asombroso vuelo de sus dos águilas.

EL PATO REAL

En un cálido día estival, un elegante pato real emergió de entre los matorrales y se aventuró a dar un paseo.

¡El clima era perfecto para recorrer y admirar el hermoso paisaje! Se aproximó a la orilla de un estanque y observó a un pez que captó su atención, nadaba felizmente entre las aguas. ¡Es una presa grande y sería muy sencillo atraparlo! – reflexionó el pato – ¡Pero no!... Ahora no tengo hambre, así que cuando tenga apetito, volveré por él.

El pato continuó su trayecto. Se entretuvo charlando con otras aves que divisó y luego reposó por un rato.

Sin percatarse, pasaron varias horas y de repente sintió el deseo de alimentarse. – ¡Volveré por el pez y lo devoraré de un solo bocado! – se dijo el pato.

Retornó al estanque, pero el pez ya había desaparecido hace mucho tiempo. ¡Su sabrosa comida se había esfumado y ya no tenía nada que llevarse a la boca!

Al alejarse de ese lugar, notó algunos pequeños peces nadando alegremente. – Son simples criaturas.

Debería atraparlos en unos minutos con mi largo pico, pero no me gustan para nada. Deseo consumir peces excepcionales y no esos pececillos insípidos y ásperos como un trapo. Decidió observar el estanque y ante sus ojos apareció un pececillo pequeño, alargado y con manchas oscuras en la parte baja de su espalda.

Es un renacuajo. – se quejó el pato – No me gustan las simples criaturas, pero me disgustan aún más los renacuajos.

Me rehúso a atrapar a esa criatura de aspecto repugnante. Mi paladar delicado merece algo mucho mejor.

El pato se volvió tan exigente que ninguno de los peces que observó se convirtió en suyo. Arrepentido, buscó aquí y allá algún bocado delicioso, pero sin éxito.

Llegó un momento en el que tuvo tanto hambre que decidió conformarse con lo primero comestible que encontró... Y ese fue un gusano tierno y viscoso. – ¡Ay, por todos los dioses! – dijo el pato a punto de vomitar. – Pero no tengo ningún deseo de tragarme este espantoso bicho.

Pero estoy débil y necesito consumir cualquier cosa.

Y así fue como el pato de fino paladar tuvo que dejar de lado su actitud caprichosa y conformarse con un plato más modesto que, aunque ya no fuera de su agrado, lo alimentó y sació su apetito.

EL POLLUELO

Un día, un Polluelo se aventuró en el área boscosa y de repente ¡zas! Un Plátano cayó sobre su cabeza.

¡Ay! ¿Qué es eso? —pensó, muy asustado—. El firmamento se derrumbará y el Monarca debería saberlo.

Debo apresurarme a contar lo ocurrido.

Mientras caminaba, se encontró con una Liebre: —Buenos días, Polluelo. ¿Hacia dónde te diriges tan temprano? —El cielo se va a caer y el Rey debe enterarse.

Me apresuro a informarle. —Bien, yo te acompaño. Y así, los dos, Liebre y Polluelo, caminaron juntos hasta toparse con el Pato. —Buenos días Liebre y Polluelo. ¿A dónde van tan temprano? —El cielo se está desplomando y el Rey necesita conocerlo.

Debemos apresurarnos para comunicarle la noticia.

Está bien, yo también me uno a ustedes.

Y así, todos ellos, Pato, Liebre y Polluelo, avanzaron a pie mientras caminaban, hasta encontrarse con el Oso.

Buenos días, Pato, Liebre y Polluelo. ¿Adónde van tan temprano? —El firmamento se va a caer y el Rey debe enterarse.

Debemos apresurarnos para informarle.

Entonces el Oso, lamiéndose los labios, dijo: "Está bien, también lo haré; informaré al Rey". Pero el camino es largo; Tomemos el atajo.

Polluelo y sus compañeros respondieron: —Astuto Oso, conocemos tus intenciones; Sabemos que el atajo conduce a tu guarida. No somos ingenuos; Vamos a ver al Rey, pero vamos solos.

Y los tres se dirigieron rápidamente y lograron llegar al palacio del Rey: —Escucha, querido Rey, el cielo se ha agrietado.

Haz que lo reparen porque está a punto de caerse.

El Rey les agradeció amablemente y le otorgó a cada uno una brillante medalla de oro.

EL ENIGMA DEL PESCADOR

Érase una vez un anciano pescador que residía con su esposa en una choza ubicada junto a un extenso río.

La pareja no disfrutaba de lujos ni privilegios, pero se sentían satisfechos.

Todos los domingos, el viejo vendía su pesca en el mercado de la ciudad cercana para asegurarse un modesto sustento.

Un domingo, durante una lluvia torrencial, el anciano pescador abordó su pequeña y deteriorada embarcación y cruzó el río hacia el mercado vecino.

Llegó temprano por la mañana y antes del anochecer logró intercambiar su pescado por una cabra y una cesta de legumbres.

Sin embargo, mientras se disponía a regresar a casa con la cabra y las legumbres, escuchó un aullido espantoso. Intrigado, se acercó y descubrió un perro en un puesto.

—Debería adquirir a este animal —pensó—, él protegerá a mi esposa cuando yo ya no esté.

Sin cuestionamientos ni dudas, el anciano compró al perro y se dirigió hacia el río donde estaba su bote.

Al llegar a la orilla, se percató de que el río había crecido demasiado y que su barca no podría soportar el peso de todo lo que llevaba.

Para complicar las cosas, notó cómo el perro miraba a la cabra y cómo la cabra contemplaba la cesta de legumbres.

—Lo mejor sería ir con solo uno o mi barco se hundirá —se dijo a sí mismo—. Ha sido un día agotador; tanto el perro como la cabra tienen hambre.

Si dejo al perro con la cabra, la atacará; si la cabra queda sola con la cesta de legumbres, se la comerá.

Con el transcurso de las horas y el ocaso del día, el pescador resolvió su dilema:

En primer lugar, cruzó al otro lado del río con la cabra y dejó al perro con las legumbres, ya que el perro no come vegetales.

Luego, regresó con el perro y lo llevó al otro lado del río.

Más tarde, cruzó el río con la cesta de legumbres y la dejó junto al perro, dejando la cabra al otro lado del río.

Finalmente, volvió para recoger a la cabra y llevarla al otro lado del río. ¡Todo resultó perfecto!

Nunca dejó juntos al perro y la cabra, pues el perro podría haberse comido a la cabra, ni tampoco a la cabra con las legumbres, ya que la cabra habría podido comerse las legumbres. Así fue como el pescador resolvió este enigma.

EL LORO SIN PLUMAS

El sol estaba cerca de su punto más alto y el loro, que se volvió extraordinariamente perezoso, sentía un hambre voraz.

Fue entonces cuando maquinó un plan para almorzar cómodamente, con poco esfuerzo:

"¡Ya tengo la solución! Iré a la finca de mi tía y simularé que deseo colaborar con sus quehaceres.

Seguramente, ella apreciará mi disposición y me invitará a almorzar", reflexionó.

El loro llegó en el momento preciso; su tía se dedicaba a sembrar maíz y requería ayuda. Conforme a su plan, su tía también se ocupaba de cocinar judías que burbujeaban en una olla, desprendiendo un aroma tentador.

Si existiera el aroma más exquisito del mundo, indudablemente sería similar al olor de esas judías.

Mientras el loro sembraba unos granos de maíz, notó que se hallaba muy cerca de la casa. El atractivo olor de las judías lo llevó a plantar maíz casi frente a la ventana de la cocina.

"Nadie se percatará si atravieso la cocina para probar esas judías", musitó el loro mientras se deslizaba por la ventana de la cocina.

Al llevarse una cucharada llena de judías a la boca, su tía entró en la casa.

El loro, sin saber qué hacer con las judías, apresuradamente los vertió en su sombrero y se lo colocó en la cabeza.

Las judías le provocaron un ardor intenso en la cabeza, haciéndolo saltar de dolor.

La tía entró en la cocina y, sorprendida, interrogó al loro: "¿Qué estás haciendo, Loro?".

"Me siento tan alegre que estoy bailando de felicidad", respondió el loro.

De repente, una mezcla de sudor, lágrimas y caldo de judías comenzó a recorrer la cabeza del loro.

"Pero, Loro, estás sudando abundantemente", expresó la tía asombrada.

La cabeza del loro aún ardía, así que finalmente se vio obligado a quitarse el sombrero.

Al notar las judías humeantes pegados en la cabeza del loro, estallaron en carcajadas.

Muy avergonzado, el loro se escondió entre los arbustos, pero ahí estaba.

Si lo encuentras, notarás que carece de plumas exactamente donde las judías le quemaron la cabeza.

EL AUDAZ

Hace tiempo, existía un hombre con dos hijos completamente opuestos.

Hugo, el mayor, se convirtió en un muchacho inteligente y responsable, aunque bastante temeroso.

Por otro lado, su hermano menor, Lucas, nunca experimentaba miedo ante nada, lo que llevó a todos en el vecindario a llamarlo Lucas el audaz.

Lucas ya no sentía temor por las tormentas, los ruidos extraños o las historias de monstruos en la oscuridad.

El miedo simplemente no era parte de su vida. A medida que crecía, su curiosidad por entender qué significaba tener miedo aumentaba, ya que él nunca había experimentado ese sentimiento.

Un día, anunció a su familia que se ausentaría durante un tiempo para descubrir el significado del miedo.

A pesar de los intentos de sus padres por detenerlo, Lucas se mostró terco y decidido a emprender ese viaje.

Una jornada, llegó a una ciudad y avistó un cartel escrito por el rey: "La mano de mi princesa será concedida al hombre más valiente." Lucas el audaz vio una gran oportunidad en aquello.

Sin dudarlo, se dirigió al palacio real y solicitó ser recibido por el rey en persona. Una vez frente al monarca, declaró: – Señor, si me permite, deseo permanecer tres días en ese castillo. No tengo miedo a nada.

Eres verdaderamente valiente, joven. Pero te advierto que muchos lo han intentado y ninguno ha tenido éxito hasta ahora –exclamó el rey. – ¡Superaré la prueba! –respondió Lucas sin preocupación, sonriendo.

Lucas el audaz, acompañado por las fuerzas del rey, se dirigió hacia el oscuro castillo situado en lo alto de una empinada montaña.

Llevaba años abandonado, luciendo lúgubre y desolado. Al entrar, todo estaba sucio y oscuro.

En una de las habitaciones, encendió un fuego con unos tablones para calentarse y se quedó dormido rápidamente.

Después de un rato, el sonido de cadenas lo despertó. ¡Era un espectro del castillo! – ¡Buhhhh! – escuchó Lucas por encima de su cabeza -. ¡Buhhh! – ¿Cómo te atreves a despertarme? - gritó Lucas frente a él.

Tomó unas tijeras y empezó a rasgar la sábana del espectro, que huyó por la chimenea hasta desaparecer en la oscuridad de la noche.

Al día siguiente, el rey pasó por el castillo para asegurarse de que Lucas el audaz se encontraba bien.

Para su sorpresa, había superado la primera noche encerrado y decidió quedarse y afrontar el segundo día.

Tras unas horas explorando el castillo, llegó la oscuridad y, más tarde, la hora de dormir. Como en días anteriores, Lucas el audaz encendió una hoguera para calentarse y pronto se quedó profundamente dormido.

De repente, un silbido extraño como el de un búho lo despertó. Abrió los ojos y divisó una bruja desagradable volando en su escoba.

En lugar de asustarse, Lucas la confrontó sin temor. – ¿Qué deseas, bruja? ¿Intentas expulsarme de aquí? ¡No lo lograrás! – gritó. Luego saltó, agarró la escoba y la sacudió con tal fuerza que la bruja salió disparada por la ventana.

Cuando amaneció, el rey se detuvo una vez más para verificar que todo estuviera en orden. Encontró a Lucas el audaz tomando un cuenco de leche y un trozo de pan duro, disfrutando frente al ventanal.

Eres un joven valiente y decidido. Hoy será el tercer día. Veremos si puedes manejarlo.

No se preocupe, majestad. ¡Ya sabe que yo no tengo miedo de nada!

Después de otro día en el castillo que resultó bastante monótono para Lucas el audaz, llegó la noche.

Como siempre, encendió una hoguera para calentarse y se tumbó para descansar. No había pasado mucho tiempo cuando una ráfaga de aire cálido lo despertó.

Al abrir los ojos, se encontró con un temible dragón que exhalaba llamas de su enorme boca. Lucas se levantó sin miedo y le arrojó una silla a la cabeza.

El dragón aulló y se retiró por donde había llegado. – Estas criaturas nocturnas son realmente molestas –pensó Lucas el audaz-. No me dejan dormir tranquilo, por mucho que esté agotado.

Después de tres días y tres noches, el rey fue a comprobar que Lucas se encontrara sano y salvo en el castillo.

Al verlo tan tranquilo y sin un solo rasguño, lo invitó a su palacio y lo entregó a su hermosa hija.

Mico, al verlo, elogió su valentía y aceptó casarse con él.

Lucas se sintió contento, aunque en su interior también un poco insatisfecho.

Su Majestad, le agradezco la oportunidad que me ha brindado y sé que puedo ser muy feliz junto a su hija, pero la verdad es que no he logrado experimentar el más mínimo miedo.

Una semana después, Lucas y Mico se casaron.

La princesa sabía que su esposo aún ansiaba sentir miedo, así que una mañana, mientras él dormía profundamente, le arrojó una jarra de agua helada en la cabeza.

Lucas gritó y se asustó enormemente. – ¡Finalmente has experimentado el miedo! –Dijo riendo a carcajadas.

"Sí", afirmó el pobre Lucas, aunque temblando. ¡Realmente me asusté! ¡De hecho, finalmente experimenté el miedo! ¡Jajaja! Pero no se lo digas a nadie... ¡Podría ser nuestro secreto!

La princesa Mico nunca reveló la verdad, así que el valiente muchacho continuó siendo conocido en todo el reino como Lucas el audaz.

EL NIÑO CHICOTICO

Había una vez un campesino pobre que, en una noche mientras avivaba el fuego y su esposa hilaba a su lado, se lamentaba de no tener hijos.

"¡Qué tristeza no tener hijos!", exclamó. "Nuestra casa siempre está en silencio mientras que en las demás hay bullicio y alegría".

"Sí", coincidió su esposa suspirando, "si al menos tuviéramos uno, aunque fuera diminuto, no más grande que un dedo, seríamos plenos y felices.

Lo amaríamos con toda el alma".

Entonces, sucedió que, al cabo de siete meses, la joven dio a luz a un bebé que, aunque completamente común en todos los aspectos, no creció más allá del tamaño de un dedo. "¡Es exactamente lo que queríamos! Lo amaremos con todo nuestro corazón".

Le llamaron Chicotico debido a su pequeño tamaño. Lo alimentaban adecuadamente, pero no crecía; se quedó siempre igual de diminuto.

A pesar de su tamaño, poseía una mirada viva e ingeniosa, y demostró ser un niño astuto y hábil en todo lo que se proponía.

En una ocasión, cuando su padre se preparaba para ir a cortar leña, dijo: "¿Quién puede llevar el carro?" "¡Padre!", exclamó Chicotico. "¡Yo puedo llevar el carro por ti! Confía en mí". El padre sonrió y dijo: "¿Cómo lo vas a hacer? Eres muy pequeño para montar el caballo". "¡Padre, eso no importa! Mamá solo tiene que engancharlo y yo me sentaré dentro de la oreja del caballo para darle instrucciones". "Ok, intentalo una vez, no hay problema", admitió el padre.

La madre enganchó al caballo al carro y colocó a Chicotico junto a la oreja del caballo para darle indicaciones sobre el camino a seguir. "¡Arre, arre! ¡Muuuu!", instruía Chicotico al caballo como si fuera un experimentado conductor mientras se dirigían hacia el bosque.

Al llegar a una curva del camino, pasaron unos desconocidos. "¿Qué es eso?" preguntó uno de ellos. "¿Qué está pasando? Veo un caballo, pero no veo a nadie conduciéndolo". "Qué extraño", exclamó el otro.

El carro se adentró en el bosque donde el padre cortaba leña. Chicotico, al divisar a su padre, le gritó: "¡Padre, ya he llegado! ¡Sácame de aquí, por favor!" Con una mano sujetaba las riendas y con la otra ayudaba a su hijo a salir de la oreja del caballo.

El pequeño Chicotico estaba tan contento que se sentó en el césped. Los extraños, al verlo, quedaron atónitos y, sin saber qué decir, se alejaron.

Uno de ellos dijo: "¡Podemos hacer una gran fortuna! Intentemos comprarlo".

Fueron al granjero y le hicieron su oferta. "¡Ni por todo el oro del mundo! Es mi hijo y lo amo como a mi propia vida", respondió el granjero sin dudar un solo momento.

Chicotico, quien había escuchado los pensamientos, trepó por los pliegues de la ropa de su padre hasta llegar a su hombro para susurrarle al oído. "No te preocupes por venderme, padre. Encontraré la manera de volver a casa".

Y por una gran cantidad de oro, el padre lo entregó a los dos hombres.

"¿Dónde te gustaría sentarte?" preguntaron. "No me importa".

Una vez despedido de su padre, lo colocaron dentro de un sombrero y se pusieron en camino.

Cuando la noche cayó, Chicotico pidió: "Por favor, detente y déjame salir por un momento. Necesito ir al baño". "No, quédate donde estás", respondió quien lo llevaba. "No, insisto. Tengo modales y educación. ¡Sácame de inmediato!".

El hombre se quitó el sombrero y dejó a Chicotico en el campo junto al camino.

El pequeño Chicotico, saltando entre las piedras, se escondió rápidamente en un agujero. "¡Buenas noches, caballeros, sigan su camino sin mí!", les gritó burlón.

A pesar de los intentos de los dos hombres por buscar en la madriguera con palos, Chicotico se escondía cada vez más profundamente.

Pronto cayó la noche, y no les quedó más opción que marcharse, murmurando sobre el engaño.

Una vez seguro de que se habían marchado, Chicotico decidió salir de su escondite. "Podría lastimarme si caigo y me rompo algún hueso", pensó.

Por suerte, encontró la concha vacía de un molusco. "¡Esto está perfecto!", dijo. "Aquí pasaré la noche", y se metió en la concha.

Antes de quedarse dormido, escuchó a unos hombres que pasaban cerca: "¿Cómo podemos robarle al sacerdote todo el oro y la plata que tiene?" "¡Puedo ayudarte!" gritó Chicotico.

"¿Dónde estás?" preguntó uno de los hombres, sorprendido.

Se quedaron quietos, tratando de localizar la voz, y Chicotico habló de nuevo. "Si me llevan con ustedes, les daré una mano". "¿Cómo puede alguien tan pequeño ayudarnos?" "¡Les explicaré el plan!", continuó Chicotico sobre el plan que improvisó.

"Está bien, intentémoslo".

Los ladrones, ansiosos, le informaron: "No hables tan alto, podrías despertar a alguien".

La cocinera, que dormía en la habitación contigua, escuchó los murmullos, se levantó y se acercó a escuchar.

Los preocupados ladrones se alejaron. "¿Quieren llevarse todo lo que hay aquí?" Se giraron hacia él, y en voz baja le dijeron: "Sí, por supuesto que sí. ¿Qué nos das?" "Sí, claro, se me ocurrirá algo.

Solo pongan sus manos aquí". La cocinera, que aún estaba despierta, escuchaba atentamente sus palabras.

Al darse cuenta de que la cocinera se dirigía a encender una vela, Chicotico se deslizó y se escondió en un pajar.

La criada pensó que había estado imaginando cosas, ya que miró por todos lados sin encontrar a nadie.

Chicotico pensó que aquel lugar sería un excelente lugar para descansar y se subió al heno para descansar.

Ansiaba regresar con sus padres, pero sabía que todavía tenía que resolver algunos asuntos antes de volver a su hogar.

Como era su costumbre, al amanecer las criadas se quedaron para alimentar a los animales. La criada fue la primera en llegar al pajar y cogió un montón de heno. Casualmente, el montón de heno era donde se escondía Chicotico.

El pequeño dormía tan profundamente que no notó nada, y solo despertó cuando se encontró en la boca de una vaca que se había tragado el heno.

Rápidamente se dio cuenta de dónde estaba y, asustado de verdad, gritó con todas sus fuerzas: "¡No traigan más forraje! ¡No traigan más forraje!".

La criada, oyendo una voz parecida a la de la noche anterior, salió corriendo despavorida hasta donde estaba su amo:

"¡Señor cura, señor cura! ¡La vaca ha hablado!" "Estás delirando, joven", respondió el sacerdote.

De todos modos, se acercó para ver qué estaba pasando.

Tan pronto como entró, Chicotico volvió a gritar: Ante esto, el sacerdote se asustó aún más. Pensó que aquello era obra del diablo y ordenó sacrificar a la vaca.

El vientre de la vaca, donde estaba atrapado Chicotico, fue arrojado al suelo.

Nuestro amigo hizo grandes esfuerzos por salir de allí y, cuando casi lo lograba, ocurrió un nuevo percance.

Un lobo hambriento que pasaba por allí se comió el estómago de la vaca.

Chicotico no perdió la esperanza: "¡Querido lobo, conozco un lugar donde encontrarás una buena comida!" "¿Dónde?" preguntó el lobo, curioso y sorprendido.

"En tal y tal casa. Solo tienes que entrar por la trampilla de la cocina y encontrarás tartas, tocino y salchichas. ¡Lo que desees comer!".

Chicotico describió con detalle la residencia de sus padres.

El lobo no necesitó más instrucciones.

Esa noche entró por la trampilla de la cocina y se comió todo lo que había en la despensa con gran satisfacción.

Pero al querer salir, descubrió que había ganado demasiado peso y no podía pasar por el mismo agujero.

Chicotico, quien había ideado un plan, comenzó a patear y gritar desde el vientre del lobo. "¡Debes calmarte!" le ordenó el lobo. "¡De ninguna manera!" respondió el pequeño. "¿No has comido lo suficiente? Ahora es mi turno de divertirme". Y comenzó a gritar con todas sus fuerzas.

Los gritos despertaron a sus padres, quienes corrieron y miraron a través de una rendija. Cuando vieron al lobo, el hombre corrió en busca de un mazo y la mujer de un cuchillo. "Quédate atrás", dijo el hombre a su esposa. "Yo le daré al lobo con el mazo".

Cuando Chicotico escuchó la voz de su padre, gritó: "¡Gracias a Dios!", exclamó su padre emocionado. "¡Nuestro querido hijo ha regresado!" Entonces le dijo a su mujer que no usaría el cuchillo porque podía lastimar a Chicotico.

Luego, con el mazo, golpeó al lobo en la cabeza dejándolo inconsciente.

Después, el hombre golpeó al lobo en el vientre varias veces hasta que expulsó toda la comida, incluyendo a Chicotico. "¡Qué maravilla!", dijo el padre.

"Sí, papá. He vivido muchas aventuras. Gracias a Dios puedo respirar aire fresco otra vez". "¡Y no te venderemos por todo el oro del mundo!".

Los padres abrazaron y besaron a su amado Chicotico, lo alimentaron y vistieron con ropa nueva, ya que la que llevaba se había roto en su accidentado viaje.

EL LEÑADOR POBRE

En una cabaña cerca del bosque residía un leñador que había perdido a su esposa.
Sus dos hijos se llamaban Marcelo y Oriol.
El hombre se había vuelto a casar con una joven que no deseaba tener más hijos.
Constantemente se quejaba de que comían demasiado y que, debido a eso, no lograban obtener dinero en absoluto.
No tenemos monedas para adquirir leche o carne – dijo un día la mujer –. A este ritmo, todos pereceremos de inanición. – Pero querida… Los niños están creciendo y lo poco que tenemos es para comprarles alimentos – respondió el padre arrepentido.
¡No! ¡Hay otra alternativa! Tus hijos son lo bastante astutos como para ganarse la vida por sí mismos, así que por la mañana podemos dirigirnos al área boscosa y abandonarlos allí.
Seguramente con su ingenio podrán sobrevivir sin problemas y encontrar un nuevo lugar para vivir – ordenó la mujer, envuelta en ira.
¡No hay más que discutir! – insistió gritando –. Podremos vivir mejor, y ellos, que son jóvenes, encontrarán la manera de valerse por sí mismos.
El hombre, a pesar de la angustia que sentía en el pecho, aceptó que tal vez su esposa tuviera razón y que dejarlos en libertad podría ser lo mejor.
Mientras la pareja discutía sobre este asunto, Marcelo estaba en la habitación de al lado escuchando todo. Horrorizado, se lo susurró a su hermana Oriol.
La joven comenzó a llorar desconsoladamente. – ¿Qué podemos hacer, hermano, tú y yo solos dentro del bosque? Moriremos de hambre y frío. – No temas,
Oriol, confía en mí. ¡Ya encontraré una solución! – afirmó Marcelo con ternura, besándola en la mejilla. Al día siguiente, antes del amanecer, la mujer los despertó a gritos.
Asustados y sin decir nada, los jóvenes se vistieron y se prepararon para acompañar a sus padres al bosque a recoger leña.
La mujer los observó en la puerta con un pan para cada uno. – Aquí tienen un trozo de pan. No lo coman ahora, guárdenlo para la hora del almuerzo; les queda un día largo por delante.
Todos se adentraron en una larga aventura por el camino que penetraba en el bosque.
Era un día de otoño frío y sombrío. Miles de hojas secas y color canela crujían bajo sus pies. Marcelo temía que su madrastra pudiera cumplir sus amenazas.
Por si acaso, dejó migas de pan en su trayecto para marcar el camino de regreso a casa. Cuando llegaron, ayudaron en la dura tarea de recoger troncos y ramas.
Trabajaron con tanto esfuerzo que el cansancio los venció y se durmieron junto al calor de una fogata. Al despertar, sus padres ya se habían marchado. – ¡Marcelo, Marcelo! – sollozó

Oriol –. ¡Hace mucho que se han ido y nos han dejado solos! ¿Cómo vamos a salir de aquí? El bosque es oscuro y realmente peligroso.

No te preocupes, hermanita, incluso dejé un rastro de migas de pan para poder regresar – afirmó Marcelo esperanzado.

Pero por mucho que buscó las migas de pan, no pudo encontrar ni una sola. Estaban temblando de frío y tenían tanta hambre que apenas les quedaba energía para seguir avanzando.

Cuando se dieron por vencidos, en un claro del bosque divisaron una preciosa casita de chocolate. El techo se adornaba con dulces de colores y las puertas y ventanas eran de pastel.

Tenía un pequeño jardín con flores de azúcar y de la fuente manaba jugo de fresa. Asombrados, los jóvenes se acercaron y empezaron a devorar todo lo que tenían delante.

Después de un rato, una anciana salió de la residencia y los saludó amablemente. – ¡Veo que están confundidos y hambrientos, pequeños! ¡Pasen, no se queden allí! En mi casa tendrán refugio seguro y todos los dulces que deseen.

Los niños, felices y confiados, entraron en la casa sin sospechar que se trataba de una malvada bruja que había edificado una residencia de chocolate y dulces para atraer a los niños y luego devorarlos.

Una vez dentro, cerró la puerta, tomó a Marcelo y lo encerró en un lugar del que no era posible salir. Oriol, muy asustada, se echó a llorar.

¡Muchacha, deja de lamentarte! De ahora en adelante serás mi sirvienta y te encargarás de cocinarle a tu hermano.

Necesito que gane mucho peso y en unas semanas lo consumiré. Si no obedeces, sufrirás el mismo destino. La pobre joven tuvo que hacer lo que la despiadada bruja le obligaba.

Todos los días, con el corazón en un puño, llevaba deliciosos manjares a su hermano Marcelo. La bruja, por las noches, iba a ver al joven para comprobar si había aumentado de peso.

"Pasa la mano por la valla", le ordenó para ver si su brazo era más grueso.

El astuto Marcelo pasó un hueso de gallina entre los barrotes en lugar de hacerlo con el brazo.

La bruja, que tenía problemas de visión y no podía ver nada en la oscuridad, tocó el hueso y se quejó de que todavía estaba delgado y sin carne.

Durante semanas logró engañarla, pero un día la anciana se cansó de ella. – ¡Tu hermano no engorda y no me interesa esperar más! – le dijo a Oriol –. Prepara el horno, lo voy a cocinar ahora mismo.

La jovencita, aterrada, le dijo que no sabía cómo encender las brasas. La bruja fue al horno con una antorcha. – ¡Eres inútil! – se quejó la bruja.

Colocó la antorcha en el horno y cuando la chimenea empezó a crepitar, Oriol se armó de valor, la empujó hacia adentro y cerró la puerta.

Los gritos de terror no afectaron a la joven; agarró las llaves y liberó a su hermano. Fuera de peligro, los dos exploraron la casa y encontraron un cajón con joyas y piedras preciosas.

Se llenaron los bolsillos y huyeron.

Adentrándose nuevamente en el bosque, guiados por el brillante sol de esa mañana, fácilmente determinaron la dirección que los llevaría a su hogar.

En el horizonte divisaron a su padre sentado en el jardín, con la mirada perdida por la pena de haber perdido a sus hijos.

Cuando los vio acercarse, corrió a abrazarlos. Les contó que cada día sin ellos había sido un tormento y que su madrastra ya no estaba.

Estaba profundamente arrepentido. Marcelo y Oriol lo perdonaron y le regalaron las valiosas joyas encontradas en la casa de chocolate.

¡Nunca más sufrieron la pobreza y vivieron felices para siempre!

EL FUEGO

Hace siglos, habitaban los seres humanos nativos conocidos como Kapanawas.

Los integrantes de estas comunidades se resguardaban en grutas, no tuvieron conocimiento del fuego y subsistieron gracias a lo que les proporcionaba la naturaleza.

Cada jornada salían a cazar algún animal para alimentarse y recolectaban todo el resultado final posible para sustentar a sus familias.

Una noche, un individuo Kapanawa llamado Muniche se sentó a observar la luna en la entrada de su cueva. Su círculo familiar se sumió en el sueño y el silencio colmó el entorno.

De súbito, advirtió un gran cometa con una extensa cola dorada que surcaba el cielo.

Hubo un destello que momentáneamente le cegó la vista e iluminó todo el valle. ¡Muniche simplemente se asustó porque desconocía lo que era eso! Apresurándose y temblando como un flan, se adentró en la caverna y se acurrucó en un rincón.

Estuvo despierto hasta el amanecer y, aunque quiso relatarle a todo el mundo lo que había visto, optó por callar para que el miedo no se propagara por la aldea.

Sí, sería mejor guardar silencio. Esa mañana, en cuanto el sol apareció, su esposa y su hija fueron en busca de alimento.

Acompañados por varios niños y niñas del poblado, ascendieron a la montaña más cercana y durante horas se entretuvieron acumulando provisiones para encarar el inminente invierno.

Todos trabajaron con tal tesón que la noche los sorprendió. Rápidamente recogieron sus canastos e intentaron descender la montaña lo más veloz posible, pero sin luz tuvieron que ceder.

Resultaba imposible avanzar en la oscuridad. Afortunadamente, encontraron una cueva desocupada y se refugiaron en ella, aguardando la llegada del nuevo día.

Fue entonces cuando, en medio de la oscuridad, divisaron pasar nuevamente el gran cometa de cola dorada que Muniche había avistado la noche anterior, surcando el cielo a gran velocidad.

A su paso, comenzó a caer lluvia, generando un estruendo. Sin embargo, no era agua, sino piedras que chocaban contra la montaña y rodaban por la pendiente, produciendo muchas chispas al impactar el suelo rocoso.

Una de esas chispas golpeó a un árbol y el tronco empezó a arder, iluminando todo a su alrededor. Cuando cesó la lluvia de piedras, las niñas se acercaron al árbol en llamas con los niños asustados agarrados a sus piernas, y descubrieron que, gracias al fuego, podían distinguirse entre las sombras. También notaron que, tras el árbol en llamas, sus cuerpos se calentaban y experimentaban una sensación plenamente satisfactoria.

¡Aquello era claramente mágico! Los chicos del pueblo, atraídos por la luz, se aproximaron para ver qué sucedía y encontraron a sus familias reunidas alrededor de la enorme hoguera.

Estaban alegres y todos se unieron para compartir ese momento tan especial, entonando cánticos y aplaudiendo.

Amaneció y llegó la hora de que cada uno retornara a su hogar.

Muniche tomó una rama que estaba en el suelo y la acercó al fuego del árbol.

Quedó asombrado al ver cómo las llamas se propagaban de un lugar a otro sin inconvenientes. Todos los hombres hicieron lo mismo y se dirigieron de vuelta a casa portando grandes antorchas. En el trayecto de regreso, las mujeres les relataron que habían observado que, al colisionar las piedras, surgían chispas que al contacto con la madera se convertían en llamas.

Así fue como los Kapanawas descubrieron el fuego.

A partir de ese día, perdieron el temor a la oscuridad, pudieron conservar el calor durante los crudos inviernos e incorporaron a su dieta diaria una deliciosa carne cocinada sobre brasas.

LA CASA SORPRENDENTE

Cuenta la leyenda que hace muchos años el Astro Rey y el Astro Nocturno se llevaban tan bien que algún día tomaron la decisión de permanecer juntos. Construyeron una residencia espaciosa, hermosa y muy segura, y comenzaron una vida tranquila en común.

Uno de esos días el Astro Rey mencionó a la Luna: – Tuve la idea de invitar a nuestro amigo el Gran Mar. – ¡Es una idea maravillosa! De esta manera podrá conocer nuestro hogar y pasar una tarde con nosotros.

El Astro Rey no tardó en buscar a su entrañable amigo, con quien había compartido tantas vivencias durante muchísimos años.

¡Hola! Vine a verte porque la Luna y yo deseamos invitarte a nuestra casa. – ¡Oh, muchas gracias amigo Astro Rey! Te lo agradezco profundamente, pero lamentablemente no será posible en este momento. ¿No? - ¿Acaso prefieres no estar en nuestra compañía? – No, no te preocupes, no es eso.

El problema es mi gran tamaño. ¿Lo has notado? Soy tan voluminoso que no encajo en ningún lugar.

¡No te inquietes! En la casa no existen paredes, así que cabes perfectamente. ¡Ven, por favor, te necesitamos!... – Bueno, iré a verte a primera hora mañana.

¡Estupendo! Te esperamos después del amanecer.

Al día siguiente, el Gran Mar apareció puntual en el hogar de sus verdaderos amigos. A pesar de que la casa parecía inmensa desde fuera, se sintió avergonzado al entrar.

Llamó discretamente a la puerta y el Astro Rey y la Luna salieron a recibirlo. Ella, con una sonrisa, avanzó unos pasos.

¡Bienvenido a nuestra morada! Adelante.

Abrir la puerta fue suficiente para que el océano comenzara a inundar el pasillo. En poco tiempo, casi toda la casa estaba sumergida.

El Astro Rey y la Luna debían elevarse, ya que el agua les alcanzaba la cintura. – Parece que no voy a encajar.

Será mejor que me vaya. Pero la Luna insistió en que podía lograrlo. El océano continuó fluyendo hacia el interior.

Aunque la casa se expandía, el océano lo hacía más. En poco tiempo, el agua rebasó puertas, ventanas y llegó al tragaluz del techo.

Sus amigos luchaban por elevarse porque el agua lo cubría todo. El Gran Mar se sintió avergonzado.

Te advertí que soy muy grande... ¿Quieres que continúe pasando? El Astro Rey y la Luna siempre cumplían su palabra: lo habían invitado y no iban a retractarse.

¡Claro amigo! Entra sin preocupaciones.

El océano lo superó todo. La casa se llenó de agua y el Astro Rey y la Luna tuvieron que ascender más alto para no ahogarse.

Sin darse cuenta, llegaron al firmamento. La residencia fue engullida por el océano y no quedó rastro de ella.

Desde el cielo, le otorgaron a su amigo el inmenso terreno que había ocupado. Ellos, por su parte, descubrieron un nuevo mundo en el cielo, con planetas y estrellas con los que compartían muchas similitudes.

De común acuerdo, decidieron quedarse allí para siempre.

Desde ese día, el océano ocupa gran parte de nuestro planeta, y el Astro Rey y la Luna vigilan la totalidad desde el firmamento.